LILLE
IMPRIMERIE L. DANEL.

CATALOGUE

DES LIVRES DE LA

BIBLIOTHÈQUE

DE

M. L. DE MONTGERMONT

ÉDITIONS ORIGINALES

des Œuvres des

ÉCRIVAINS FRANÇAIS DU XIXᵉ SIÈCLE

PRINCIPALEMENT DE L'ÉPOQUE ROMANTIQUE

PARIS

LIBRAIRIE DAMASCÈNE MORGAND

ÉDOUARD RAHIR SUCCESSEUR

LIBRAIRE DE LA SOCIÉTÉ DES BIBLIOPHILES FRANÇOIS

55, Passage des Panoramas, 55.

1912

CATALOGUE

DES LIVRES

DE LA BIBLIOTHÈQUE

DE M. L. DE MONTGERMONT

LA VENTE AURA LIEU

Les Jeudi 5 et Vendredi 6 Décembre 1912

A DEUX HEURES PRÉCISES

HOTEL DES COMMISSAIRES-PRISEURS

RUE DROUOT, 9

SALLE N° 9 AU PREMIER

Par le ministère de Mᵉ André DESVOUGES, commissaire-priseur
successeur de Mᵉ MAURICE DELESTRE

RUE DE LA GRANGE-BATELIÈRE, 26

Assisté de M. Ed. RAHIR, libraire,

PASSAGE DES PANORAMAS, 55

---

*Exposition particulière du 28 Novembre au 3 Décembre 1912
chez le libraire chargé de la vente.*

CONDITIONS DE LA VENTE

La vente se fera au comptant.

Les acquéreurs paieront 10 p. 100 en sus du prix d'adjudication.

Les livres devront être collationnés dans les vingt-quatre heures
de l'adjudication. Passé ce délai, ils ne seront repris pour aucune
cause.

M. RAHIR remplira les commissions des personnes qui ne
pourraient assister à la vente.

CATALOGUE

DES LIVRES DE LA

BIBLIOTHÈQUE

DE

M. L. DE MONTGERMONT

ÉDITIONS ORIGINALES

des Œuvres des

ÉCRIVAINS FRANÇAIS DU XIXe SIÈCLE

PRINCIPALEMENT DE L'ÉPOQUE ROMANTIQUE

PARIS

LIBRAIRIE DAMASCÈNE MORGAND

ÉDOUARD RAHIR SUCCESSEUR

LIBRAIRE DE LA SOCIÉTÉ DES BIBLIOPHILES FRANÇOIS

55, Passage des Panoramas, 55.

1912

ORDRE DES VACATIONS

CATALOGUE

DES LIVRES

DE LA BIBLIOTHÈQUE

DE M. L. DE MONTGERMONT

LIVRES DU XIXe SIECLE
EN ÉDITIONS ORIGINALES.

1. ABOUT (Edmond). Madelon. *Paris, Hachette et Cie,* 1863, in-8, demi-rel. dos et coins de mar. rouge, dos orné, tête dor., *non rogné,* couv. (*Champs.*)

   ÉDITION ORIGINALE.
   Envoi autographe de l'auteur à George Sand.

2. AICARD (Jean). Poèmes de Provence. *Paris, A. Lemerre,* s. d. (1874), in-18, cart., *non rogné,* couv. (*Champs.*)

   ÉDITION ORIGINALE. Envoi autographe de l'auteur à Aug. Vacquerie.

3. ARVERS (F.). MES HEURES PERDUES, poésies. Par Félix Arvers. *Paris, Fournier jeune,* 1833, in-8, vign., mar. rouge, dos orné, enc. de 7 fil. autour des plats et branches de feuillages dans les angles, doublures et gardes en moire bleue, tr. dor. (*Lortic frères.*)

   Édition originale. Rare.
   Bel exemplaire relié sur brochure. Le faux-titre et le titre sont imprimés sur PAPIER DE CHINE.

4. ASSELINEAU (Ch.). Charles Baudelaire. Sa Vie et son Œuvre, par Charles Asselineau. *Paris, A. Lemerre,* 1869, in-18, portr., cart. toile, *non rogné,* couv. (*Pierson.*)

   ÉDITION ORIGINALE. PAPIER DE HOLLANDE.
   5 portraits de Baudelaire d'après *E. de Roy, Baudelaire, Courbet* et *Manet,* AVANT LA LETTRE sur CHINE ou sur blanc.

5. ASSELINEAU (Ch.). L'Italie et Constantinople. *Paris, A. Lemerre,* 1869, in-18, front. de Cél. Nanteuil, mar. rouge, dos orné, fil., tête dor., *non rogné. (Capé, Masson-Debonnelle* srs*.)*

Édition originale.

Très rare exemplaire imprimé sur Papier de Chine, auquel on a ajouté : 1º un curieux dessin inédit à la plume, par *Cél. Nanteuil,* signé et daté ; 2º un dessin à la plume par *Aylaus Bourenne,* avec envoi signé et daté ; 3º 2 eaux-fortes sur Chine par *Eug. Lavieille* d'après *Brest* et *Corot.*

De la bibliothèque de Ch. Asselineau.

6. — La Ligne brisée. Histoire d'il y a trente ans par Charles Asselineau. *Paris, A. Lemerre,* 1872, in-16, front. de Edm. Morin, demi-rel. dos et coins de mar. bleu, tête dor., *non rogné,* couv. *(Champs.)*

Édition originale.

Exemplaire imprimé sur Papier vergé avec envoi autographe de l'auteur à Madame Champfleury.

7. AUGIER (Emile). L'Aventurière. Comédie en cinq actes et en vers par Émile Augier. *Paris, Hetzel,* 1848, in-8, demi-rel. dos et coins de mar. vert, *non rogné,* couv. *(Champs.)*

Édition originale. La pièce a subi ensuite de nombreux remaniements. Envoi autographe de l'auteur.

8. — Poésies complètes de Émile Augier. *Paris, Michel Lévy frères,* 1852, in-18, demi-rel. dos et coins de mar. bleu, dos orné, tête dor., *non rogné,* couv. *(Champs.)*

Édition originale.

9. — Théâtre. *Paris, Michel Lévy frères et Calmann Lévy,* 1861-1878, 8 vol. in-8, cart., *non rognés,* couv. *(Champs.)*

La Contagion, 1866. — Les Effrontés, 1861. — Le Fils de Giboyer, 1863, lettre autographe ajoutée. — Les Fourchambault, 1878, lettre autographe ajoutée. — Lions et Renards, 1870. — Madame Caverlet, 1876, envoi autographe. — Maître Guérin, 1865. — Paul Forestier, 1868.

Éditions originales.

10. AUGIER (Ém.). Théâtre. *Paris, Furne, Blanchard et Michel Lévy frères*, 1844-1869, 11 vol. in-18, cart., *non rognés*, couv. (*Champs*.)

Ceinture dorée, 1855. — La Ciguë, 1844. — Diane, 1852. — Gabrielle, 1850, envoi autographe à P. Mérimée. — La Jeunesse, 1858. — Le Joueur de Flûte, 1851. — Le Mariage d'Olympe, 1855. — Les Méprises de l'Amou., 1852. — Philiberte, 1853. — Le Post-Scriptum, 1869. — Sapho, 1851.

ÉDITIONS ORIGINALES.

11. AUGIER (Em.) et FOUSSIER (Ed.). Théâtre. *Paris, Michel Lévy frères*, 1858-1859, 2 vol. in-18, cart., *non rognés*, couv. (*Champs*.)

Un Beau Mariage, 1859. — Les Lionnes pauvres, 1858.

ÉDITIONS ORIGINALES.

12. AUGIER (Em.) et LABICHE (Eug.). Le Prix Martin. Comédie en trois actes par MM. Émile Augier et Eugène Labiche. *Paris, E. Dentu*, 1876, in-18, cart., *non rogné*, couv. (*Champs*.)

ÉDITION ORIGINALE.

13. AUGIER (Em.) et SANDEAU (J.). Le Gendre de M. Poirier. Comédie en quatre actes en prose par Émile Augier et Jules Sandeau. *Paris, Michel Lévy frères*, 1854, in-18, cart., *non rogné*, couv. (*Champs*.)

ÉDITION ORIGINALE.

14. — Jean de Thommeray. Comédie en cinq actes, en prose, par Em. Augier et J. Sandeau. *Paris, Michel Lévy frères*, 1874, in-8, cart., *non rogné*, couv. (*Champs*.)

ÉDITION ORIGINALE. Envoi autographe de Em. Augier.

15. — La Pierre de Touche. Comédie en cinq actes et en prose par Émile Augier et Jules Sandeau. *Paris, Michel Lévy frères*, 1854, in-18, cart., *non rogné*, couv. (*Champs*.)

ÉDITION ORIGINALE.

16. AUMALE (H. d'Orléans, duc d'). Lettre sur l'Histoire de France. Adressée au Prince Napoléon. Par M. le Duc

d'Aumale. *Londres, W. Jeffs*, 1862, in-8, mar. vert, dos orné, comp. de fil. autour des plats, tête dor., *non rogné.*

De la bibliothèque de NADAR.

17. BALLANCHE. Antigone. Par M. P. S. Ballanche. *Paris, impr. de P. Didot l'aîné*, 1814, in-8, veau violet, dos orné, fil. dorés, pet. dent. et milieux à froid, tr. dor. (*Doll.*)

ÉDITION ORIGINALE.

Le même volume renferme, du même auteur : L'Homme sans nom. *Paris, P. Didot l'aîné*, 1820. ÉDITION ORIGINALE, tirée à 100 exemplaires sur PAPIER VÉLIN, non mise dans le commerce.

Très bel exemplaire dans sa reliure originale.

18. BALZAC (Honoré de). LES CENT CONTES DROLATIQUES colligez ès abbaïes de Touraine, et mis en lumière par le sieur de Balzac, pour l'esbattement des Pantagruelistes et non aultres. Premier (— Troisiesme) dizain. *Paris, Gosselin*, 1832, 1833 et 1837, 3 vol. in-8, demi-rel. dos et coins de mar. vert, dos orné, *non rognés*, couv. (*Mercier, s^r de Cuzin.*)

ÉDITION ORIGINALE.

19. — (Eugénie Grandet). Scènes de la Vie de Province par M. de Balzac. Premier volume. *Paris, Mme Charles-Béchet*, 1834, in-8, demi-rel. dos et coins de mar. rouge, dos orné, *non rogné*, couv. (*Mercier, s^r de Cuzin.*)

ÉDITION ORIGINALE.

20. — La Peau de Chagrin, roman philosophique, par de Balzac. *Paris, Gosselin*, 1831, 2 vol. in-8, front. de T. Johannot, demi-rel. dos et coins de mar. La Vallière, dos orné, *non rognés*, couv. (*Mercier, s^r de Cuzin.*)

ÉDITION ORIGINALE.

21. — Le Père Goriot. Histoire parisienne publiée par M. de Balzac. *Paris, Werdet*, 1835, 2 vol. in-8, demi-rel. dos et coins de mar. La Vallière, dos orné, *non rognés*, couv. (*Champs.*)

ÉDITION ORIGINALE.

22. BALZAC (H. de). Physiologie du Mariage ou méditations de philosophie éclectique, sur le bonheur et le
malheur conjugal. Publiées par un jeune célibataire
(H. de Balzac). *Paris, Levavasseur,* 1829, 2 vol. in-8,
demi-rel. dos et coins de mar. rouge, dos orné, *non
rognés,* couv. (*Mercier, s^r de Cuzin.*)

ÉDITION ORIGINALE.

23. BANVILLE (Th. de). Comédies. Le Feuilleton d'Aristo-
phane. Le Beau Léandre. Le Cousin du Roi. Diane au
bois. Les Fourberies de Nérine. La Pomme. Florise.
Déidamia. La Perle. *Paris, G. Charpentier,* 1879, in-18,
cart., *non rogné.*

Seconde édition collective des Comédies de Th. de Banville.
Un des 50 exemplaires numérotés sur PAPIER DE HOLLANDE.

24. — Odes Funambulesques. Avec un frontispice gravé à
l'eau-forte par Bracquemond d'après un dessin de Charles
Voillemot. *Alençon, Poulet-Malassis et de Broise,* 1857,
in-18, front., demi-rel. dos et coins de mar. rouge, dos
orné en mosaïque, *non rogné,* couv. (*Champs.*)

ÉDITION ORIGINALE.

25. — Riquet à la houppe. Comédie féerique avec un
dessin de Georges Rochegrosse gravé par F. Méaulle.
Paris, G. Charpentier et Cie, 1884, in-18, front., demi-
rel. dos et coins de mar. vert, dos orné en mosaïque,
tête dor., *non rogné,* couv. (*Champs.*)

ÉDITION ORIGINALE. Un des 10 exemplaires numérotés (n° 1) sur
PAPIER DE CHINE.

26. — Socrate et sa Femme. Comédie par Théodore de
Banville. *Paris, Calmann Lévy,* 1885, in-18, cart., *non
rogné,* couv.

ÉDITION ORIGINALE. Un des 25 exemplaires numérotés sur PAPIER DE
HOLLANDE.

27. — Théâtre. *Paris, Michel Lévy frères et Charpentier
et Cie,* 1865-1883, 3 vol. in-18, cart., *non rognés,* couv.

La Pomme, 1865. — Gringoire, 1866. — Le Baiser, 1888, front.
ÉDITIONS ORIGINALES.

28. BARBEY D'AUREVILLY (J.). Le Chevalier Des Touches par J. Barbey d'Aurevilly. *Paris, Michel Lévy frères*, 1864, in-18, demi-rel. dos et coins de mar. rouge, tête dor., *non rogné,* couv. (*Champs-Stroobants.*)

ÉDITION ORIGINALE.

29. — Les Diaboliques, par J. Barbey d'Aurevilly. *Paris, E. Dentu*, 1874, in-18, demi-rel. dos et coins de mar. rouge, tête dor., *non rogné,* couv. (*Champs-Stroobants.*)

ÉDITION ORIGINALE.

30. — L'ENSORCELÉE par J. Barbey d'Aurevilly. *Paris, Alex. Cadot*, 1855, 2 vol. in-8, demi-rel. dos et coins de mar. brun, dos orné, *non rognés,* couv. (*Champs.*)

ÉDITION ORIGINALE.
On y joint l'affiche de publication.

31. — (Poésies de J. Barbey d'Aurevilly. *Caen, Hardel,* 1854), in-16 carré, demi-rel. mar. rouge, tête dor., *non rogné.*

ÉDITION ORIGINALE imprimée à 36 exemplaires sur PAPIER DE HOLLANDE, par les soins de G. S. Trebutien.
Exemplaire de POULET-MALASSIS.

32. — UNE VIEILLE MAÎTRESSE, par Jules Barbey d'Aurevilly. *Paris, Al. Cadot*, 1851, 3 vol. in-8, demi-rel. dos et coins de mar. brun, dos orné, tête dor., *non rognés,* couv. (*Champs.*)

ÉDITION ORIGINALE.

33. BARBIER (Aug.). Iambes par Auguste Barbier. *Paris, U. Canel et Ad. Guyot,* 1832, in-8, demi-rel. dos et coins de mar. rouge, dos orné, *non rogné,* couv. (*Champs.*)

ÉDITION ORIGINALE.

34. BARRIÈRE (Th.). Malheur aux Vaincus. Comédie en cinq actes en prose, avec une Préface. Pièce interdite par la commission d'examen. *Paris, Michel Lévy frères,* 1866, in-8, cart., *non rognés,* couv.

ÉDITION ORIGINALE.

35. BARRIÈRE (Th.) et CAPENDU (E.). Théâtre. *Paris, Michel Lévy frères et Librairie théâtrale*, 1856-1858, 2 vol. in-18, cart., *non rognés*, couv.

> Les Faux Bonshommes, 1856.—L'Héritage de Monsieur Plumet, 1858. ÉDITIONS ORIGINALES.

36. BARRIÈRE (Th.) et GONDINET (Edm.). Tête de Linotte. Comédie en trois actes. *Paris, Calmann Lévy*, 1886, in-18, cart., *non rogné*, couv. (*Champs*.)

> ÉDITION ORIGINALE.

37. BARRIÈRE (Th.) et THIBOUST (L.). Les Filles de Marbre. Drame en cinq actes, mêlé de chant. Musique nouvelle de M. Montaubry. *Paris, Michel Lévy frères*, 1853, in-18, cart., *non rogné*, couv.

> ÉDITION ORIGINALE.

38. BARTHET (Armand). Théâtre complet. Le Moineau de Lesbie. Le Chemin de Corinthe. L'Heure du Berger. *Paris, L. Hachette et Cie*, 1861, in-18, cart., *non rogné*. (*Champs*.)

> ÉDITION ORIGINALE.

39. BAUDELAIRE (Ch.). Les Épaves, de Ch. Baudelaire. Avec une eau-forte frontispice de Félicien Rops. *Amsterdam (Bruxelles), à l'enseigne du Coq*, 1866, in-12, front., demi-rel. dos et coins de mar. brun, dos orné, tête dor., *non rogné*. (*Champs*.)

> ÉDITION ORIGINALE. PAPIER VERGÉ DE HOLLANDE.

40. — Les Fleurs du Mal, par Charles Baudelaire. *Paris, Poulet-Malassis et De Broise*, 1857, pet. in-8, demi-rel. dos et coins de mar. citron, dos orné en mosaïque, tête dor., *non rogné*, couv. (*Champs*.)

> ÉDITION ORIGINALE.
> On a ajouté le frontispice de *F. Rops* pour les *Epaves*, tiré sur PAPIER DE CHINE.

41. — Œuvres complètes de Charles Baudelaire. *Paris,*

Michel Lévy frères, 1868-1870, 7 vol. in-18, portr., mar. grenat, dos orné, fil., tr. dor. (*Chambolle-Duru.*)

> PREMIÈRE ÉDITION COLLECTIVE contenant un certain nombre de pièces inédites.
>
> Très rare exemplaire, imprimé sur PAPIER DE HOLLANDE, auquel on a ajouté le *Complément aux fleurs du mal*, Bruxelles, 1869, ainsi qu'un certain nombre de portraits et figures parmi lesquels nous signalerons le frontispice de *F. Rops* pour les *Epaves*, épreuve sur PAPIER DE CHINE et le frontispice de *Bracquemond* pour les *Fleurs du Mal*, épreuve sur PAPIER DU JAPON.
>
> De la bibliothèque de J. NOILLY.

42. BEAUVOIR (R. de). La Cape et l'Epée, par Roger de Beauvoir. *Paris, Suau de Varennes et Cie*, 1837, in-8, front. de Cél. Nanteuil, demi-rel. dos et coins de mar. rouge, dos orné, *non rogné*, couv. (*Champs.*)

> ÉDITION ORIGINALE.

43. — Il Pulcinella et l'Homme des Madones. Paris, Naples, Rome. *Paris, A. Ledoux*, 1834, in-8, front., demi-rel. dos et coins de mar. rouge, dos orné, *non rogné*, couv. (*Champs.*)

> ÉDITION ORIGINALE.

44. BECQUE (Henry). Les Corbeaux, pièce en quatre actes. *Paris, Tresse, s. d.* (1882), in-8, cart., *non rogné*, couv. (*Champs.*)

> ÉDITION ORIGINALE. PAPIER DE HOLLANDE.

45. — Les Honnêtes Femmes. Comédie en un acte par M. Henry Becque. *Paris, Tresse*, 1880, in-18, demi-rel. mar. rouge, *non rogné*, couv. (*Champs.*)

> ÉDITION ORIGINALE.

46. — La Parisienne. Comédie en trois actes par Henry Becque. *Paris, Calmann Lévy*, 1885, in-18, demi-rel. mar. rouge, *non rogné*, couv. (*Carayon.*)

> ÉDITION ORIGINALE. Un des 20 exemplaires numérotés sur PAPIER DE HOLLANDE.

47. BÉRANGER (P.-J. de). Chansons morales et autres par M. P.-J. de Béranger, Convive du Caveau moderne, avec

gravures et musique. *Paris, librairie d'Alexis Eymery,*
1816, pet. in-12, front. et titre gravés par Bergeret, mar.
bleu, dos orné, riche encadrement autour des plats,
doublé de mar. rouge, fil., gardes en moire rouge, tr.
dor. (*Lortic frères.*)

ÉDITION ORIGINALE renfermant 83 chansons.
Bel exemplaire richement relié sur brochure.

48. BLUM (Ern.) et TOCHÉ (Raoul). Le Parfum. Comédie
en trois actes par Ernest Blum et Raoul Toché. *Paris,
Calmann Lévy,* 1889, in-18, cart., *non rogné,* couv.

ÉDITION ORIGINALE.

49. BOREL (Pétrus). Rhapsodies, par Pétrus Borel. *Paris,
Levavasseur,* 1832, in-16 carré, fig., demi-rel. dos et
coins de mar. rouge, dos orné, *non rogné,* couv.
(*Champs.*)

ÉDITION ORIGINALE ornée de 3 lithographies par *J. Bouchardy* et *Napoléon Thomas.*
Envoi autographe de l'auteur.

50. BORNIER (Henri de). Théâtre. *Paris, E. Dentu,*
1875-1895, 3 vol. in-8, cart., *non rognés,* couv. (*Champs.*)

La Fille de Roland, 1875. — Les Fils de l'Arétin, 1895. —
Mahomet, 1890.
ÉDITIONS ORIGINALES.

51. BOUILHET (L.). La Conjuration d'Amboise. Drame en
cinq actes, six tableaux, en vers, par Louis Bouilhet. *Paris,
Lévy frères,* 1867, in-8, cart., *non rogné,* couv.

ÉDITION ORIGINALE. Envoi autographe de l'auteur à Th. Gautier.

52. — Melœnis, conte romain, par Louis Bouilhet.
Extrait de la Revue de Paris. *Paris, impr. de Pillet fils
aîné,* 1851, in-8, demi-rel. mar. orange, dos orné, *non
rogné,* couv. (*Lanscelin.*)

ÉDITION ORIGINALE.
Portrait de l'auteur AVANT LA LETTRE sur CHINE et portrait de Flaubert
sur HOLLANDE, ajoutés.

53. BOUILHET (L.). Poésies. Festons et Astragales. *Paris, Librairie nouvelle,* 1859, in-18, demi-rel. dos et coins de mar. vert, dos orné, tête dor., *non rogné,* couv. (*Champs.*)

Édition originale.

54. BOURGET (Paul). André Cornélis. *Paris, A. Lemerre,* 1887, in-18, cart., *non rogné,* couv.

Édition originale.

55. — Les Aveux. Poésies. *Paris, A. Lemerre,* 1882, in-18, demi-rel. dos et coins de mar. bleu, *non rogné,* couv. (*Carayon.*)

Édition originale.

56. — Un Cœur de Femme. *Paris, A. Lemerre,* 1890, in-18, cart., *non rogné,* couv.

Édition originale.

57. — Un Crime d'amour. *Paris, A. Lemerre,* 1886, in-18, cart., *non rogné,* couv.

Édition originale.

58. — Cruelle énigme. *Paris, A. Lemerre,* 1885, in-18, cart., *non rogné,* couv.

Édition originale.

59. — Le Disciple. *Paris, A. Lemerre,* 1889, in-18, cart., *non rogné,* couv.

Édition originale.

60. — Drames de Famille. L'Échéance. Le Luxe des Autres. Cœurs d'enfants. *Paris, Plon-Nourrit et Cⁱᵉ, s. d.* (1900), in-18, cart., *non rogné,* couv.

Édition originale.

61. — Edel. Poëme par Paul Bourget. *Paris, A. Lemerre,* 1878, in-18, cart., *non rogné,* couv. (*Carayon*).

Édition originale.

62. BOURGET (Paul). L'Étape. (Un Amoureux, l'Obstacle, les Monneron, Inquiétude d'esprit et de cœur, l'Union Tolstoï, etc.). *Paris, Plon-Nourrit et Cⁱᵉ, s. d.* (1902), in-18, cart., *non rogné,* couv.

ÉDITION ORIGINALE.

63. — Le Fantôme. *Paris, Plon-Nourrit et Cⁱᵉ, s. d.* (1901), in-18, cart., *non rogné,* couv.

ÉDITION ORIGINALE.

64. — Une Idylle Tragique (Mœurs cosmopolites). *Paris, A. Lemerre,* 1896, in-18, cart., *non rogné,* couv.

ÉDITION ORIGINALE.

65. — L'Irréparable. Deuxième amour. Profils perdus. *Paris, A. Lemerre,* 1884, in-18, cart., *non rogné,* couv.

ÉDITION ORIGINALE.

66. — Mensonges. *Paris, A. Lemerre,* 1887, in-18, cart., *non rogné,* couv.

ÉDITION ORIGINALE.

67. — Nouveaux Pastels. (Dix Portraits d'Hommes). *Paris, A. Lemerre,* 1891, in-18, cart., *non rogné,* couv. (*Carayon.*)

ÉDITION ORIGINALE.

68. — Outre-Mer (Notes sur l'Amérique). *Paris, A. Lemerre,* 1895, 2 vol. in-18, cart., *non rognés,* couv.

ÉDITION ORIGINALE.

69. — Pastels. (Dix Portraits de Femmes). *Paris, A. Lemerre,* 1889, in-18, cart., *non rogné,* couv. (*Carayon.*)

ÉDITION ORIGINALE.

70. — Recommencements. *Paris, A. Lemerre,* 1897, in-18, cart., *non rogné,* couv.

ÉDITION ORIGINALE.

71. BOURGET (Paul). La Vie inquiète (Poésies). Au bord de la mer. Jeanne de Courtisols. George Ancelys. La Vie inquiète. *Paris, A. Lemerre*, 1875, in-18, demi-rel. mar. brun, tête dor., *non rogné*, couv.

ÉDITION ORIGINALE. Portrait de l'auteur ajouté.

72. — Voyageuses (Antigone, Deux Ménages, Neptunerale, Charité de Femme, etc.). *Paris, A. Lemerre*, 1897, in-18, cart., *non rogné*, couv.

ÉDITION ORIGINALE.

73. BROHAN (Aug.). Compter sans son hôte. Proverbe par Mlle Augustine Brohan. *Paris, Perrotin*, 1849, in-18, mar. rouge jans., tête dor., *non rogné, couv. (Marius Michel.)*

ÉDITION ORIGINALE.

74. CHAMPFLEURY. Les Amis de la Nature. Avec un frontispice gravé par Bracquemond d'après un dessin de Gustave Courbet et précédés d'une caractéristique des œuvres de l'auteur par Edmond Duranty. *Paris, Poulet-Malassis et De Broise*, 1859, in-18, front., demi-rel. dos et coins de mar. grenat, dos orné, tête dor., *non rogné*, couv. (*Champs.*)

ÉDITION ORIGINALE. PAPIER DE HOLLANDE.

75. — es Bourgeois de Molinchart, par Champfleury. *Paris, Locard-Davi et de Vresse*, 1855, 3 vol. in-8, demi-rel. dos et coins de mar. vert, dos orné, tête dor., *non rognés. (Allô.)*

ÉDITION ORIGINALE.

76. — Grandes Figures d'hier et d'aujourd'hui. Balzac. Gérard de Nerval. Wagner. Courbet. Avec quatre portraits gravés à l'eau-forte par Bracquemond. *Paris, Poulet-Malassis et De Broise*, 1861, in-18, front., demi-rel. dos et coins de mar. La Vallière, dos orné, tête dor., *non rogné*, couv. (*Champs.*)

ÉDITION ORIGINALE. Exemplaire imprimé sur PAPIER DE HOLLANDE, avec le frontispice sur PAPIER DE CHINE.

77. CHAMPFLEURY. La Succession Le Camus. Frontispice dessiné et gravé par François Bonvin. *Paris, Poulet-Malassis et De Broise*, 1860, in-18, front., demi-rel. dos et coins de mar. La Vallière, dos orné, tête dor., *non rogné*, couv. (*Champs.*)

Exemplaire imprimé sur PAPIER DE HOLLANDE auquel on a ajouté : 1 lettre autographe de l'auteur, 4 lettres autographes de l'éditeur Nourrit et 1 traité sur papier timbré relatif à la réimpression de ce roman, ainsi qu'un billet autographe de G. de Nerval à Champfleury et l'ex-libris de Champfleury par *Aglaüs Bouvenne*, sur PAPIER DE CHINE.

78. CHATEAUBRIAND (F. A. de). Atala, ou les Amours de deux sauvages dans le désert; par François-Auguste Chateaubriand. *Paris, Migneret*, 1801, pet. in-12 de 24 pp. dont un f. blanc et 210 pp., demi-rel. dos et coins de mar. vert, dos orné, tête dor., *non rogné*. (*Champs.*)

ÉDITION ORIGINALE publiée sans l'aveu de Chateaubriand, contenant divers passages singuliers qui ont été modifiés dans les réimpressions.

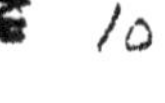

79. — Itinéraire de Paris à Jérusalem et de Jérusalem à Paris par M. le vicomte de Chateaubriand. *Paris, Lefèvre*, 1829, 2 vol. in-8, portr. et fig., demi-rel. dos et coins de mar. rouge, dos orné. (*Rel. de l'époque.*)

80. — Les Martyrs, ou le Triomphe de la Religion chrétienne, par F. A. de Chateaubriand. *Paris, Le Normant*, 1810, 3 vol. in-8, mar. rouge à grains longs, dos orné, dent., tr. dor. (*Simier.*)

Très bel exemplaire imprimé sur PAPIER VÉLIN, dans une jolie reliure de l'époque.

81. — Les Natchez par M. le vicomte de Chateaubriand. *Paris, Lefèvre*, 1831, in-8, veau fauve, dos orné, enc. de fil., tr. dor. (*Rel. de l'époque.*)

Bel exemplaire imprimé sur PAPIER VÉLIN, dans une reliure de l'époque portant sur les plats, le chiffre couronné de la reine MARIE-AMÉLIE, femme du roi Louis-Philippe.

82. CHÉNIER (A. de). Œuvres complètes d'André de

Chénier. *Paris, Baudouin frères*, 1819, in-8, mar. rouge jans., tr. dor. (*Chambolle-Duru.*)

> ÉDITION ORIGINALE. Notice de H. de Latouche sur la vie et sur les ouvrages de l'auteur.
>
> Très bel exemplaire, relié sur brochure, avec la musique par Vernier de la *Jeune Captive*, 4 ff.

83. CHEVIGNÉ (Cte de). Contes Rémois. *Paris, Firmin Didot frères*, 1836, in-16, demi-rel. veau fauve, dos orné, tr. marbr. (*Bauzonnet.*)

> ÉDITION ORIGINALE.

84. COLLIN D'HARLEVILLE. Œuvres de Collin d'Harleville. Nouvelle édition ornée de son portrait et enrichie d'une notice sur sa vie (par Andrieux). *Paris, Janet et Cotelle* (*impr. de P. Didot l'aîné*), 1821, 4 vol. in-8, portr., veau violet, dos orné, plats couverts d'ornements à froid, fil. dorés, tr. dor. (*Thouvenin.*)

> Bel exemplaire imprimé sur PAPIER VÉLIN. Jolie reliure.

85. CONSTANT (B.). Adolphe, anecdote trouvée dans les papiers d'un inconnu, et publiée par M. Benjamin de Constant. *Paris. Treuttel et Würtz* (*impr. de Crapelet*), 1816, in-12, demi-rel. dos et coins de mar. rouge, dos orné, *non rogné*. (*Allô.*)

> ÉDITION ORIGINALE. Lettre autographe de l'auteur ajoutée.

86. COPPÉE (François). La Grève des Forgerons. Poëme par François Coppée. *Paris, A. Lemerre*, 1869, in-18, demi-rel. veau fauve, *non rogné*, couv. (*Champs.*)

> ÉDITION ORIGINALE. Exemplaire imprimé sur PAPIER DE CHINE.

87. — Intimités. *Paris, A. Lemerre*, 1868, in-18, demi-rel. veau fauve, *non rogné*, couv. (*Champs.*)

> ÉDITION ORIGINALE. Envoi autographe de l'auteur à Champfleury.

88. — Lettre d'un Mobile breton. *Paris, A. Lemerre*, 1870, in-18, demi-rel. veau fauve, *non rogné*, couv. (*Champs.*)

> ÉDITION ORIGINALE.

89. COPPÉE (Fr.). Le Passant. Comédie en un acte, en vers. *Paris, A. Lemerre,* 1869, in-18, demi-rel. veau fauve, *non rogné,* couv. (*Champs.*)

ÉDITION ORIGINALE. Exemplaire imprimé sur PAPIER DE CHINE. Envoi autographe de l'auteur à Ch. Asselineau.

90. — Poëmes modernes. Angelus. Le Banc. Enfants trouvés. L'Attente. Le Père. Le Défilé. La Bénédiction. *Paris, A. Lemerre,* 1869, in-18, demi-rel. veau fauve, *non rogné,* couv. (*Champs.*)

ÉDITION ORIGINALE.

91. — Pour la Couronne. Drame en cinq actes, en vers. *Paris, A. Lemerre,* 1895, in-18, demi-rel. veau fauve, *non rogné,* couv.

ÉDITION ORIGINALE. Un des 10 exemplaires numérotés imprimés sur PAPIER DE CHINE.

92. — Le Reliquaire par François Coppée. Eau-forte de Léopold Flameng. *Paris, A. Lemerre,* 1866, in-18, front., demi-rel. veau fauve, *non rogné,* couv. (*Champs.*)

ÉDITION ORIGINALE.

93. — Théâtre. *Paris, A. Lemerre,* 1871-1890, 4 vol. in-18, demi-rel. veau fauve, *non rognés,* couv. (*Champs.*)

L'Abandonnée, 1871. — Le Luthier de Crémone, 1876. — Le Pater, 1890. — Severo Torelli, 1883.
ÉDITIONS ORIGINALES.

94. — Toute une Jeunesse. *Paris, A. Lemerre,* 1890, in-18, demi-rel. veau fauve, *non rogné,* couv. (*Champs.*)

ÉDITION ORIGINALE.

95. CROIX (la) de Berny par le vicomte Charles de Launay (Mᵐᵉ Émile de Girardin), Théophile Gautier, Jules Sandeau, Méry. *Paris, Pétion,* 1846, 2 vol. in-8, demi-rel. dos et coins de mar. grenat, dos orné, *non rognés,* couv. (*Canape.*)

ÉDITION ORIGINALE.

96. DAUDET (Alphonse). Les Amoureuses. Poèmes et Fantaisies 1857-1861. Nouvelle édition. *Paris, Charpentier et Cie*, 1873, in-18, demi-rel. dos et coins de mar. bleu, dos orné, tête dor., *non rogné*, couv. (*Champs.*)

Édition en partie originale. Un des 50 exemplaires numérotés sur PAPIER DE HOLLANDE.

97. — L'Arlésienne. Pièce en trois actes (et cinq tableaux avec symphonies et chœurs de M. G. Bizet). *Paris, A. Lemerre*, 1872, in-18, cart., *non rogné*, couv.

ÉDITION ORIGINALE.

98. — Contes du Lundi. La partie de billard, le Porte-Drapeau, le Juge de Colmar, la Dernière Classe, le Képi, le Turco de la Commune, le Teneur de Livres, etc. *Paris, A. Lemerre*, 1873, in-18, cart., *non rogné*, couv.

ÉDITION ORIGINALE.

99. — L'Evangéliste. Roman parisien. *Paris, E. Dentu*, 1883, in-18, cart., *non rogné*, couv.

ÉDITION ORIGINALE.

100. — Fromont jeune et Risler aîné. Mœurs Parisiennes. *Paris, Charpentier et Cie*, 1874, in-18, cart., *non rogné*, couv. (*Champs.*)

ÉDITION ORIGINALE.

101. — Jack. Mœurs contemporaines. *Paris, E. Dentu*, 1876, 2 vol. in-18, demi-rel. dos et coins de mar. bleu, *non rognés*, couv. (*Champs.*)

ÉDITION ORIGINALE.

102. — Lettres à un absent. Paris, 1870-1871. *Paris, A. Lemerre*, 1871, in-18, cart., *non rogné*, couv.

ÉDITION ORIGINALE.

103. — Lettres de mon Moulin. Impressions et Souvenirs par Alphonse Daudet. *Paris, J. Hetzel et Cie, s. d.*

(1869), in-18, mar. bleu, fil., dos et coins des plats ornés en mosaïque, tr. dor. (*Chambolle-Duru.*)

ÉDITION ORIGINALE.
Deux frontispices et lettre autographe de l'auteur ajoutés.
Bel exemplaire sur PAPIER VÉLIN, relié sur brochure.

104. DAUDET (Alph.). Le Nabab. Mœurs Parisiennes. *Paris, G. Charpentier,* 1877, in-18, cart., *non rogné,* couv.

ÉDITION ORIGINALE.

105. — Numa Roumestan. Mœurs parisiennes. *Paris, G. Charpentier,* 1881, in-18, cart., *non rogné,* couv.

ÉDITION ORIGINALE.

106. — Le Petit Chose. Histoire d'un Enfant. *Paris, Hetzel,* 1868, in-18, cart., *non rogné.*

ÉDITION ORIGINALE. Envoi autographe de l'auteur.

107. — La Petite Paroisse. Mœurs conjugales. *Paris, A. Lemerre,* 1895, in-18, cart., *non rogné,* couv.

ÉDITION ORIGINALE.

108. — Les Rois en exil. Roman parisien, par Alphonse Daudet. *Paris, Dentu,* 1879, in-18, cart., *non rogné,* couv.

ÉDITION ORIGINALE.

109. — Sapho. Mœurs parisiennes. *Paris, G. Charpentier et Cⁱᵉ,* 1884, in-18, cart., *non rogné,* couv.

ÉDITION ORIGINALE.

110. DELVAU (Alfred). Françoise. Chapitre inédit de l'Histoire des quatre Sergents de La Rochelle. Avec une eauforte d'Émile Therond. *Paris, A. Faure,* 1865, pet. in-12, front., demi-rel. dos et coins de mar. vert, *non rogné,* couv. (*Champs.*)

ÉDITION ORIGINALE. Un des 12 exemplaires numérotés imprimés sur PAPIER DE HOLLANDE, contenant le frontispice en double état.

111. DÉSAUGIERS. Chansons et Poésies diverses de M. A. Désaugiers. Sixième édition, considérablement augmentée. *Paris, Ladvocat,* 1827, 4 vol. in-12, portr., fac-similé et vign., demi-rel. dos et coins de mar. rouge, dos orné, *non rognés. (Champs.)*

> Papier vélin. Jolies vignettes gravées sur bois.

112. DOUCET (C.). Le Fruit défendu. Comédie en trois actes, en vers, par Camille Doucet. *Paris, Michel Lévy frères,* 1868, in-18, cart., *non rogné,* couv.

> Édition originale.

113. DOVALLE (Ch.). Le Sylphe. Poésies de feu Ch. Dovalle, précédées d'une notice par M. Louvet, et d'une préface, par Victor Hugo. *Paris, Ladvocat,* 1830, in-8, vign., demi-rel. dos et coins de mar. brun, dos orné, *non rogné,* couv. *(Champs.)*

> Édition originale.
> Un des rares exemplaires imprimés sur Papier rose, avec deux couvertures conservées, l'une imprimée sur papier vert, l'autre imprimée sur papier noir.

114. DREYFUS (A.). Le Klephte. Comédie en un acte par Abraham Dreyfus. *Paris, Calmann Lévy,* 1881, in-18, cart., *non rogné,* couv.

> Édition originale. Papier de Hollande.

115. DUMAS père (Alex.). L'Alchimiste. Drame en cinq actes, en vers, par Alexandre Dumas. *Paris, Dumont,* 1839, in-8, demi-rel. dos et coins de veau fauve, dos orné, *non rogné,* couv.

> Édition originale.

116. — Angèle, drame en cinq actes. *Paris, Charpentier,* 1834, in-8, front. de Cél. Nanteuil, demi-rel. dos et coins de veau fauve, dos orné, *non rogné,* couv. *(Champs.)*

> Édition originale.
> Avec le prospectus de Ch. Nodier, pour la publication des Œuvres complètes de Alexandre Dumas en 6 vol. in-8.

117. DUMAS père (Alex.). Antony, drame en cinq actes, en prose, par Alexandre Dumas. *Paris, Aug. Auffray*, 1831, in-8, demi-rel. dos et coins de mar. rouge, dos orné, *non rogné*, couv. (*Mercier.*)

Édition originale.

118. — Henri III et sa cour; drame historique en cinq actes et en prose, par Alexandre Dumas. *Paris, Vezard et Cⁱᵉ*, 1829, in-8, veau fauve, dos orné, double fil. doré et plaque d'ornements à froid, tr. dor. (*Thouvenin.*)

Édition originale. Envoi autographe de l'auteur.
Belle reliure romantique, avec le nom de Saint Evre sur le plat.

119. — Herminie, l'amazone, par Alexandre Dumas. *Paris, Calmann Lévy*, 1888, in-12, demi-rel. mar. La Vallière, dos orné, tête dor., *non rogné*.

Papier de Hollande.

120. — Mademoiselle de Belle-Isle, drame en cinq actes, en prose, par Alex. Dumas. *Paris, Dumont*, 1839, in-8, demi-rel. dos et coins de mar. grenat, dos orné, tête dor., *non rogné*. (*Champs.*)

Édition originale.

121. — Un Mariage sous Louis XV, comédie en cinq actes, par Alexandre Dumas. *Paris, Marchant*, 1841, in-8, demi-rel. dos et coins de mar. bleu, dos orné en mosaïque, *non rogné*, couv. (*Champs.*)

Édition originale. Exemplaire imprimé sur Papier rose. Très rare.

122. — Nouvelles contemporaines, par Alex. Dumas. *Paris, Sanson*, 1826, in-12, demi-rel. dos et coins de veau fauve, dos orné, *non rogné*, couv. (*Champs.*)

Édition originale. Envoi autographe de l'auteur.

123. — Œuvres complètes d'Alexandre Dumas. Théâtre. *Paris, Charpentier et Passard*, 1834-1846, 10 vol. in-8,

front., demi-rel. dos et coins de mar. rouge, dos orné,
non rognés, couv. (*Canape.*)

> PREMIÈRE ÉDITION COLLECTIVE du *Théâtre* de Dumas père ; elle comprend
> 6 volumes publiés par *Charpentier* de 1834 à 1836 et 4 volumes complé-
> mentaires publiés par *Passard* en 1846.
>
> Les pièces contenues dans ces volumes sont les suivantes :
> *Henry III, Antony, Christine, Charles VII, Térésa, Richard Darling-
> ton, la Tour de Nesle, Angèle, Catherine Howard, Napoléon Bonaparte, Don
> Juan de Marana, Kean, Mlle de Belle-Isle, Halifax, Paul Jones, l'Alchi-
> miste, Le Laird de Dambicky, le Mari de la Veuve, Lorenzino* et *Caligula*.
>
> Superbe frontispice de *Célestin Nanteuil,* répété 4 fois.
>
> Très bel exemplaire relié sur brochure. Couvertures conservées, sauf
> celle du tome VI.

124. DUMAS fils (Alex.). LA DAME AUX CAMÉLIAS par Alexandre Dumas fils. *Paris, Alex. Cadot,* 1848, 2 vol. in-8,
mar. rouge, dos orné, double encadrement de fil., tr.
dor. (*Lortic.*)

> ÉDITION ORIGINALE. Très rare.
>
> Très bel exemplaire relié sur brochure. Couverture du tome Iᵉʳ
> conservée.
>
> De la bibliothèque de JOLLY-BAVOILLOT.

125. — Histoire du Supplice d'une Femme. Réponse à
M. Émile de Girardin par Alexandre Dumas fils. *Paris,
Michel Lévy frères,* 1865, in-8, cart., *non rogné,* couv.

> ÉDITION ORIGINALE.

126. — Péchés de Jeunesse, par Alexandre Dumas fils.
Paris, Fellens et Dufour, 1847, in-8, demi-rel. dos et
coins de mar. rouge, dos orné, *non rogné,* couv.
(*Champs.*)

> ÉDITION ORIGINALE.

127. FEUILLET (O.). Histoire de Sibylle par Octave
Feuillet. *Paris, Michel Lévy frères,* 1863, in-18, demi-
rel. dos et coins de mar. rouge, dos orné, tête dor., *non
rogné,* couv. (*Champs.*)

> ÉDITION ORIGINALE.

128. — Julia de Trécœur par Octave Feuillet. *Paris,
Michel Lévy frères,* 1872, in-18, demi-rel. dos et coins

de mar. rouge, dos orné, tête dor., *non rogné*, couv. (*Champs.*)

ÉDITION ORIGINALE.

129. FEUILLET (O.). Monsieur de Camors par Octave Feuillet. *Paris, Michel Lévy frères*, 1867, in-18, demi-rel. dos et coins de mar. rouge, dos orné, tête dor., *non rogné*, couv. (*Champs.*)

ÉDITION ORIGINALE.

130. — La Petite Comtesse. Le Parc. — Onesta. Par Octave Feuillet. *Paris, Michel Lévy frères*, 1857, in-18, demi-rel. dos et coins de mar. rouge, dos orné, tête dor., *non rogné*, couv. (*Champs.*)

ÉDITION ORIGINALE.

131. — Les Portraits de la Marquise. Comédie en trois tableaux par M. Octave Feuillet. Représentée pour la première fois au Palais de Compiègne, le 13 Novembre 1859. *Paris, Imprimerie impériale*, 1862, in-4, vign., demi-rel. dos et coins de mar. bleu, dos orné, tête dor., *non rogné*, couv. (*Champs.*)

ÉDITION ORIGINALE. Tiré à petit nombre pour les invités de Compiègne et non mis dans le commerce.

132. — Le Roman d'un jeune homme pauvre par Octave Feuillet. *Paris, Michel Lévy frères*, 1858, in-18, demi-rel. dos et coins de mar. rouge, dos orné, tête dor., *non rogné*, couv. (*Champs.*)

ÉDITION ORIGINALE.

133. — Scènes et Comédies par Octave Feuillet. Le Village. Le Cheveu blanc. Dalila. L'Ermitage. L'Urne. La Fée. *Paris, Michel Lévy frères*, 1856, in-18, demi-rel. dos et coins de mar. rouge, dos orné, tête dor., *non rogné*, couv. (*Champs.*)

ÉDITION ORIGINALE.

134. FEUILLET (O.). Scènes et Proverbes, par Octave Feuillet. Le Fruit défendu. La Crise. Rédemption. Le Pour et le Contre. Alix. La Partie de Dames. La Clé d'or. *Paris, Michel Lévy frères,* 1851, in-18, demi-rel. dos et coins de mar. rouge, dos orné, tête dor., *non rogné,* couv. (*Champs.*)

ÉDITION ORIGINALE. Envoi autographe de l'auteur, sur le titre.

135. FLAUBERT (Gustave). Bouvard et Pécuchet. *Paris, A. Lemerre,* 1881, in-18, demi-rel. dos et coins de mar. brun tête de nègre, *non rogné,* couv. (*Champs.*)

ÉDITION ORIGINALE. Un des rares exemplaires imprimés sur PAPIER DE CHINE (tirage à 10 ex.).

136. — Le Candidat. Comédie en quatre actes par Gustave Flaubert. *Paris, Charpentier et Cᵉ,* 1874, in-12 carré, cart., *non rogné,* couv.

ÉDITION ORIGINALE.

137. — MADAME BOVARY. Mœurs de Province. Par Gustave Flaubert. *Paris, Michel Lévy frères,* 1857, in-18, mar. rouge jans., tr. dor. (*Chambolle-Duru.*)

ÉDITION ORIGINALE.
Très rare exemplaire imprimé sur GRAND PAPIER VÉLIN ne formant qu'un seul volume, relié sur brochure.
Envoi autographe de l'auteur « *à mon ami Gaiffe* ».

138. — Par les Champs et par les Grèves. (Voyage en Bretagne) accompagné de mélanges et fragments inédits par Gustave Flaubert (et Maxime Du Camp). *Paris, G. Charpentier et Cⁱᵉ,* 1886, in-18, demi-rel. dos et coins de mar. vert, dos orné en mosaïque, tête dor., *non rogné,* couv. (*Champs.*)

ÉDITION ORIGINALE. Un des 3 exemplaires numérotés (nᵒ 1) sur PAPIER DE CHINE, non mis dans le commerce.

139. — Salammbô, par Gustave Flaubert. *Paris, Michel Lévy frères,* 1863, in-8, demi-rel. dos et coins de mar. rouge, tête dor., *non rogné,* couv. (*Champs-Stroobants.*)

ÉDITION ORIGINALE.

140. FLAUBERT (G.). Trois Contes. Un Cœur simple. La Légende de saint-Julien l'Hospitalier. Hérodias. *Paris, G. Charpentier,* 1877, in-18, demi-rel. dos et coins de mar. grenat, *non rogné,* couv. (*Champs.*)

Édition originale. Envoi autographe de l'auteur.
Très rare exemplaire imprimé sur Papier de Hollande.

141. FOUCHER (P.). Saynètes, par M. Paul Foucher. *Paris, Mᵐᵉ Charles Béchet,* 1832, in-8, vign. de T. Johannot, veau fauve, dos orné, fil., *non rogné.* (*Bauzonnet.*)

Édition originale.

142. FRANCE (Anatole). L'Anneau d'Améthyste, par Anatole France. *Paris, Calmann Lévy,* 1899, in-18, demi-rel. dos et coins de mar. vert olive, dos orné, tête dor., *non rogné,* couv. (*Champs.*)

Édition originale. Un des 55 exemplaires numérotés imprimés sur Papier de Hollande.

143. — Le Crime de Sylvestre Bonnard Membre de l'Institut par Anatole France. *Paris, Calmann Lévy,* 1881, in-18, demi-rel. dos et coins de mar. vert olive, dos orné, tête dor., *non rogné,* couv. (*Champs.*)

Édition originale. Couverture bleue conservée.

144. — Histoire Contemporaine. Le Mannequin d'Osier par Anatole France. *Paris, Calmann Lévy,* 1897, in-18, demi-rel. dos et coins de mar. vert olive, dos orné, tête dor., *non rogné,* couv. (*Champs.*)

Édition originale. Un des 50 exemplaires numérotés sur Papier de Hollande.

145. — Histoire Contemporaine. Monsieur Bergeret à Paris par Anatole France. *Paris, Calmann Lévy, s. d.* (1901), in-18, demi-rel. dos et coins de mar. vert olive, dos orné, tête dor., *non rogné,* couv. (*Champs.*)

Édition originale. Un des 57 exemplaires numérotés sur Papier de Hollande.

146. — Histoire Contemporaine. L'Orme du Mail par Anatole France. *Paris, Calmann Lévy,* 1897, in-18,

demi-rel. dos et coins de mar. vert olive, dos orné, tête
dor., *non rogné*, couv. (*Champs.*)

Édition originale. Un des 50 exemplaires numérotés sur Papier de Hollande.

147. FRANCE (A.). Le Jardin d'Epicure par Anatole
France. *Paris, Calmann Lévy*, 1895, in-18, demi-rel.
dos et coins de **mar.** vert olive, dos orné, tête dor., *non
rogné*, couv. (*Champs.*)

Édition originale. Un des 50 exemplaires numérotés (n° 1) imprimés sur Hapier de Hollande.

148. — Le Lys Rouge par Anatole France. *Paris, Calmann Lévy*, 1894, in-18, demi-rel. dos et coins de mar.
vert olive, dos orné, tête dor., *non rogné*, couv. (*Champs.*)

Édition originale. Un des 55 exemplaires nnmérotés sur Papier de Hollande.

149. — Les Opinions de M. Jérôme Coignard. Recueillies
par Jacques Tournebroche et publiées par Anatole France.
Paris, Calmann Lévy, 1893, in-18, demi-rel. dos et
coins de mar. vert olive, dos orné, tête dor., *non rogné*,
couv. (*Champs.*)

Édition originale. Un des 40 exemplaires numérotés sur Papier de Hollande.

150. — Pierre Nozière. *Paris, A. Lemerre*, 1899, in-18,
demi-rel. dos et coins de mar. vert olive, dos orné, tête
dor., *non rogné*, couv. (*Champs.*)

Édition originale. Un des 100 exemplaires numérotés sur Papier de Hollande.

151. — Le Puits de Sainte Claire, par Anatole France.
Paris, Calmann Lévy, 1895, in-18, demi-rel. dos et
coins de mar. vert olive, dos orné, tête dor., *non rogné*,
couv. (*Champs.*)

Édition originale. Un des 55 exemplaires numérotés sur Papier de Hollande.

152. — La Rôtisserie de la Reine Pédauque, par
Anatole France. *Paris, Calmann Lévy*, 1893, in-18,

demi-rel. dos et coins de mar. vert olive, dos orné, tête dor., *non rogné*, couv. (*Champs.*)

ÉDITION ORIGINALE. Un des 40 exemplaires numérotés sur PAPIER DE HOLLANDE.

153. FRANCE (A.). Thaïs. *Paris, Calmann Lévy*, 1891, in-18, demi-rel. dos et coins de mar. vert olive, dos orné, tête dor., *non rogné*, couv. (*Champs.*)

ÉDITION ORIGINALE. Un des 15 exemplaires numérotés sur PAPIER DU JAPON.

154. GAILLARDET (et A. DUMAS père). La Tour de Nesle, drame en cinq actes et en neuf tableaux, par MM. Gaillardet et *** (Alexandre Dumas père). *Paris, Barba*, 1832, in-8, demi-rel. dos et coins de mar. rouge, dos orné, *non rogné*, couv. (*Champs.*)

ÉDITION ORIGINALE. Rare.

155. GAUTIER (Théophile). Albertus ou l'Ame et le péché. Légende théologique par Th. Gautier. *Paris, Paulin*, 1883, in-18, front. de Cél. Nanteuil, demi-rel. dos et coins de mar. rouge, dos orné, tête dor., *non rogné*, couv. (*Champs.*)

ÉDITION ORIGINALE.

156. — Avatar par Théophile Gautier. *Paris, Michel Lévy frères*, 1857, in-16, cart., *non rogné*, couv. (*Champs.*)

ÉDITION ORIGINALE.

157. — Honoré de Balzac par Th. Gautier. Édition revue et augmentée. Avec un portrait gravé à l'eau-forte par E. Hédouin. *Paris, Poulet-Malassis et De Broise*, 1859, in-12, portr. et fac-similés, mar. citron, fil. à froid, tête dor., *non rogné*.

Première édition française.
Exemplaire imprimé sur PAPIER DE HOLLANDE.
De la bibliothèque de NADAR.

158. GAUTIER (Th.). Les Beaux-Arts en Europe. 1855. Par Théophile Gautier. *Paris, Michel Lévy frères,* 1855-1856, 2 tomes en un vol. in-18, demi-rel. dos et coins de mar. rouge, tête dor., *non rogné,* couv.

ÉDITION ORIGINALE.

On a ajouté le portrait de Meissonier d'après lui-même et la vignette de *Meissonier : le Sergent Recruteur,* épreuve AVANT LA LETTRE.

159. — Le Capitaine Fracasse. *Paris, Charpentier,* 1863, 2 vol. in-18, mar. rouge jans., tr. dor., couv. (*Marius Michel.*)

ÉDITION ORIGINALE.

Très bel exemplaire relié sur brochure.

160. — La Comédie de la Mort, par Théophile Gautier. *Paris, Desessart,* 1838, in-8, front. de L. Boulanger, mar. bleu jans., tr. dor. (*Cuzin.*)

ÉDITION ORIGINALE reliée sur brochure.

161. — L'ELDORADO. Par Théophile Gautier, auteur des Jeunes-France et de Mademoiselle de Maupin. *Paris, Publications du Figaro,* 1837, in-8, mar. citron, dos orné en mosaïque, encadrement autour des plats et fleurs mosaïqués dans les angles, doublure et gardes en soie brochée, tr. dor. (*Joly.*)

Véritable PREMIÈRE ÉDITION de Fortunio, excessivement rare.

Belle reliure exécutée sur brochure.

De la bibliothèque de JOLLY BAVOILLOT.

162. — Fortunio, par Théophile Gautier. *Paris, Desessart,* 1838, in-8, mar. vert, dos orné, fil., tr. dor. (*Chambolle-Duru.*)

ÉDITION ORIGINALE sous ce titre, reliée sur brochure.

Portrait de l'auteur par *Rajon* ajouté.

163. — Émaux et Camées par Théophile Gautier. *Paris, Eug. Didier,* 1852, in-16, demi-rel. dos et coins de veau fauve, dos orné, *non rogné,* couv.

ÉDITION ORIGINALE.

164. GAUTIER (Th.). Guide de l'Amateur au Musée du Louvre, suivi de la Vie et des Œuvres de quelques Peintres. *Paris, G. Charpentier,* 1882, in-18, demi-rel. dos et coins de mar. La Vallière, dos orné, tête dor., *non rogné. (Champs.)*

ÉDITION ORIGINALE. Un des 5 exemplaires numérotés (n° 1) sur PAPIER DE CHINE.

165. — Histoire du Romantisme suivie de notices romantiques et d'une étude sur la Poésie Française 1830-1868. Avec un index alphabétique. *Paris, Charpentier et Cie,* 1874, in-18, demi-rel. dos et coins de mar. rouge, dos orné, tête dor., *non rogné,* couv. *(Champs.)*

ÉDITION ORIGINALE. Un des 50 exemplaires numérotés sur PAPIER DE HOLLANDE.

166. — Jettatura par Théophile Gautier. *Paris, Michel Lévy frères,* 1857, in-16, cart., *non rogné,* couv. *(Champs.)*

ÉDITION ORIGINALE.

167. — LES JEUNES-FRANCE, romans goguenards, par Th. Gautier. *Paris, Eug. Renduel,* 1833, in-8, front. de Cél. Nanteuil, mar. citron, dos orné, double enc. de fil. et fleurons mosaïqués, mors de mar. avec fil. et coins dorés, doublures et gardes en moire bleue, tr. dor., couv. *(Marius Michel.)*

ÉDITION ORIGINALE de ce recueil de nouvelles.
Très bel exemplaire relié sur brochure.
Lettre autographe de l'auteur ajoutée.

168. — Une Larme du Diable, par Théophile Gautier. *Paris, Desessart,* 1839, in-8, demi-rel. dos et coins de mar. rouge, dos orné, *non rogné. (Champs.)*

ÉDITION ORIGINALE.

169. — MADEMOISELLE DE MAUPIN. Double Amour. Par Théophile Gautier, auteur des Jeunes-France. *Paris, E. Renduel,* 1835-1836, 2 vol. in-8, demi-rel. dos et coins de

mar. bleu, dos orné, *non rognés,* couv. (*Mercier, sʳ de Cuzin.*)

Édition originale. Très rare.
Très bel exemplaire relié sur brochure.

170. GAUTIER (Th.). De la Mode, par Théophile Gautier. *Paris, Poulet-Malassis et de Broise,* 1858, in-24, demi-rel. dos et coins de mar. brun, dos orné, tête dor., *non rogné.* (*Champs.*)

Édition originale, tirée à 30 exemplaires seulement.

171. — Poésies de Théophile Gautier. *Paris, Ch. Mary,* 1830, in-12, demi-rel. dos et coins de mar. rouge, dos orné, *non rogné,* couv. (*Mercier, sʳ de Cuzin.*)

Édition originale. Rare.

172. — Poésies complètes. *Paris, Charpentier et Cⁱᵉ,* 1875-1876, 2 vol. in-18, demi-rel. dos et coins de mar. vert, tête dor., *non rognés,* couv. (*Champs.*)

Un des 100 exemplaires numérotés imprimés sur Papier de Hollande. Lettre autographe de l'auteur ajoutée.

173. — Le Roman de la Momie par Théophile Gautier. *Paris, Hachette et Cⁱᵉ,* 1858, in-18, demi-rel. dos et coins de mar. bleu, dos orné, tête dor., *non rogné,* couv. (*Champs.*)

Édition originale.

174. — Souvenirs de Théâtre, d'Art et de Critique. *Paris, G. Charpentier,* 1883, in-18, demi-rel. dos et coins de mar. La Vallière, dos orné, *non rogné.* (*Champs.*)

Édition originale. Un des 10 exemplaires numérotés (nº 1) sur Papier de Chine.

175. — Spirite. Nouvelle fantastique par Théophile Gautier. *Paris, Charpentier,* 1866, in-18, demi-rel. dos et coins de mar. vert, dos orné, tête dor., *non rogné.* (*Champs.*)

Édition originale. Un des 10 exemplaires imprimés sur Papier de Hollande.

176. GAUTIER (Th.). Tra los Montes, par Théophile Gautier. *Paris, V. Magen*, 1843, 2 vol. in-8, demi-rel. dos et coins de mar. vert olive, dos orné, *non rognés,* couv. (*Champs.*)

ÉDITION ORIGINALE.

177. — Les Vacances du Lundi. Tableaux de Montagnes. Par Théophile Gautier. *Paris, G. Charpentier*, 1881, in-18, demi-rel. dos et coins de mar. La Vallière, dos orné, tête dor., *non rogné.* (*Champs.*)

ÉDITION ORIGINALE. Un des 10 exemplaires numérotés (nº 1) sur PAPIER DE CHINE.

178. — Le Tombeau de Théophile Gautier (Poésies de Hugo, Aicard, Banville, Coppée, France, Glatigny, L. de Lisle, Swinburne, etc.). *Paris, A. Lemerre*, 1873, in-4, portr., demi-rel. dos et coins de mar. brun, *non rogné,* couv.

Un des 20 exemplaires imprimés sur PAPIER de CHINE, avec le portrait de Th. Gautier en double état avec et AVANT LA LETTRE.

179. — Théophile Gautier. Entretiens, Souvenirs et Correspondance. (Par Émile Bergerat). Avec une préface de Edmond de Goncourt et une eau-forte de Félix Bracquemond. *Paris, G. Charpentier*, 1879, in-18, front., demi-rel. dos et coins de mar. bleu, dos orné, tête dor., *non rogné,* couv. (*Champs.*)

ÉDITION ORIGINALE. Un des 12 exemplaires numérotés (nº 1) imprimés sur PAPIER DE CHINE.

180. GIRARDIN (Mᵐᵉ Em. de). La Canne de M. de Balzac, par Madame Émile de Girardin. *Paris, Dumont*, 1836, in-8, demi-rel. dos et coins de mar. La Vallière, dos orné, *non rogné.* (*Champs.*)

ÉDITION ORIGINALE.
Portrait de l'auteur ajouté.

181. — Le Lorgnon (par Mᵐᵉ Émile de Girardin, née Delphine Gay). *Paris, Ch. Gosselin*, 1832, in-8, vign. de

Gavarni, mar. La Vallière jans., tr. dor., couv. (*Cuzin.*)

> ÉDITION ORIGINALE.
>
> Bel exemplaire relié sur brochure. La couverture est illustrée de la même vignette de *Gavarni* qui se trouve sur le titre.

182. GIRARDIN (Émile de). Le Supplice d'une Femme. Drame en trois actes par Émile de Girardin (et Al. Dumas fils). *Paris, Michel Lévy frères,* 1865, in-8, cart., *non rogné,* couv.

> ÉDITION ORIGINALE, tirée à 100 exemplaires.

183. — Le Supplice d'une Femme. Drame en trois actes. Avec une Préface par Émile de Girardin. *Paris, Michel Lévy frères,* 1865, in-8, cart., *non rogné,* couv.

> ÉDITION ORIGINALE, avec la *Préface.*

184. GŒTHE (J.-W. v.). Mon Journal. Traduit par un Strasbourgeois (Jules Frœlich). *Nancy, impr. Berger-Levrault et Cie,* 1881, in-8, vign. de J. Lévy, mar. citron jans., tr. dor., couv. (*Champs.*)

> Tiré à très petit nombre.

185. GONCOURT (Edmond et Jules de). Germinie Lacerteux, par Edmond et Jules de Goncourt. *Paris, Charpentier,* 1864, in-18, demi-rel. veau gris, *non rogné.*

> ÉDITION ORIGINALE.
>
> Un des 7 exemplaires sur PAPIER DE HOLLANDE, avec envoi des auteurs à Ph. Burty.

186. — Renée Mauperin. *Paris, Charpentier,* 1864, in-18, demi-rel. veau fauve, *non rogné.*

> ÉDITION ORIGINALE.
>
> Un des 8 exemplaires sur PAPIER VERGÉ DE HOLLANDE.
>
> Envoi autographe des auteurs à Ph. Burty.

187. GONDINET (Edm.). Théâtre. *Paris, Michel Lévy frères et Calmann Lévy,* 1869-1886, 5 vol. in-18, cart., *non rognés,* couv.

> Le Chef de Division, 1870. — Gavaut, Minard et Cie, 1869. — Le Homard, 1874. — Le Panache, 1875. — Un Parisien, 1880.
>
> ÉDITIONS ORIGINALES.

188. GONDINET (E.) et COHEN (F.). Le Club. Comédie en trois actes par Edmond Gondinet et Félix Cohen. *Paris, Calmann Lévy*, 1878, in-18, cart., *non rogné*, couv.

ÉDITION ORIGINALE.

189. GOZLAN (L.). Aristide Froissard par Léon Gozlan. *Paris, H. Souverain*, 1844, 2 vol. in-8, demi-rel. dos et coins de veau fauve, dos orné, *non rogné*, couv. (*Champs.*)

ÉDITION ORIGINALE.

190. GRENET-DANCOURT (E.). Trois Femmes pour un Mari. Comédie-Bouffe en trois actes par E. Grenet-Dancourt. *Paris, P. Ollendorff*, 1884, in-18, cart., *non rogné*, couv.

ÉDITION ORIGINALE.

191. HALÉVY (Ludovic). L'Abbé Constantin. *Paris, Calmann Lévy*, 1882, in-18, cart., *non rogné*.

ÉDITION ORIGINALE. Envoi autographe de l'auteur.

192. — Criquette. *Paris, Calmann Lévy*, 1883, in-18, cart., *non rogné*, couv.

ÉDITION ORIGINALE. Envoi autographe de l'auteur.

193. — L'Invasion. Souvenirs et Récits par Ludovic Halévy. *Paris, Michel Lévy frères*, 1872, in-18, cart., *non rogné*.

ÉDITION ORIGINALE. Envoi autographe de l'auteur.

194. — Une Maladresse. Nouvelle. *Paris*, 1857, in-8, demi-rel. dos et coins de mar. bleu, *non rogné*, couv. (*Champs.*)

ÉDITION ORIGINALE.
Cette nouvelle, extraite de l'*Artiste*, n'a été tirée qu'à quelques exemplaires seulement.

195. — Marcel. Extrait de la Revue de Paris. *Paris*, 1864, in-8, demi-rel. dos et coins de mar. rouge, *non rogné*, couv. (*Champs.*)

ÉDITION ORIGINALE.

196. HALÉVY (Lud.). Un Mariage d'amour. Mariette. Les Trois Séries de Madame de Chateaubrun. Le Maître de Danse. Le Député de Gamache. L'Héritage, etc. *Paris, Calmann Lévy*, 1881, in-18, cart., *non rogné*, couv.

Édition originale.

197. — Notes et Souvenirs, 1871-1872. Par Ludovic Halévy. *Paris, Calmann Lévy*, 1889, in-18, cart., *non rogné*, couv.

Édition originale. Envoi autographe de l'auteur.

198. — Princesse. Un Grand Mariage. Les Trois Coups de Foudre. Mon Camarade Mussard. *Paris, Calmann Lévy*, 1887, in-18, cart., *non rogné*, couv.

Édition originale. Envoi autographe de l'auteur.

199. HENNEQUIN (A.) et A. MILLAUD. Niniche. Vaudeville en trois actes par MM. Alfred Hennequin et Albert Millaud. *Paris, A. Allouard*, 1878, in-18, cart., *non rogné*, couv.

Édition originale.

200. HERVIEU (Paul). L'Armature. *Paris, A. Lemerre*, 1895, in-18, cart. toile, tête dor., *non rogné*, couv.

Édition originale.

201. — Les Paroles restent. *Paris, A. Lemerre*, 1893, in-18, cart., *non rogné*, couv. (*Champs.*)

Édition originale.

202. — Peints par Eux-mêmes. Roman. *Paris, A. Lemerre*, 1893, in-18, cart., *non rogné*, couv. (*Champs.*)

Édition originale.

203. — Les Tenailles. Pièce en trois actes. *Paris, A. Lemerre*, 1896, in-18, cart., *non rogné*, couv. (*Champs.*)

Édition originale. Un des 20 exemplaires numérotés sur Papier de Hollande.

204. HERVILLY (Ernest d'). La Belle Saïnara. Comédie japonaise en un acte en vers. *Paris, A. Lemerre,* 1876, in-18, demi-rel. dos et coins de mar. vert, *non rogné,* couv. (*Champs.*)

ÉDITION ORIGINALE. Envoi autographe avec aquarelle de l'auteur.

205. HILLEMACHER (J. G.). L'Enseigne. Conte (en vers) dédié à son ami V. D. Z. (Van den Zande) par J. G. H. (Jean Guillaume Hillemacher). *Paris, impr. de H. Fournier et Cie,* 1839, in-12, vign. par E. Hillemacher, cart., *non rogné.*

ÉDITION ORIGINALE, tirée à très petit nombre. Exemplaire imprimé sur PAPIER BLEU.

206. HOUSSAYE (A.). La Couronne de Bluets, roman, par Arsène Houssaye. Une moralité et une vignette par Théophile Gautier. *Paris, H. Souverain,* 1836, in-8, front., demi-rel. dos et coins de mar. bleu, dos orné, tête dor., *non rogné,* couv. (*Champs.*)

ÉDITION ORIGINALE, contenant un curieux frontispice gravé à l'eau-forte par *Théophile Gautier.*

207. HUGO (Victor). L'Art d'être Grand-Père. *Paris, Calmann Lévy,* 1877, in-8, mar. brun, dos orné, *non rogné,* couv. (*Champs.*)

ÉDITION ORIGINALE. Un des 20 exemplaires numérotés imprimés sur PAPIER DE CHINE.

Dessin original de Ch. Voillemot, représentant V. Hugo et ses deux petits-enfants, placé en frontispice.

208. — Bug-Jargal, par l'auteur de Han d'Islande (V. Hugo). *Paris, U. Canel,* 1826, in-12, front. de Devéria, mar. rouge, dos orné, riche encadrement de fil. dorés avec ornements et petites bandes à froid, doublures et gardes en tabis bleu, tr. dor., couv. (*Cuzin.*)

ÉDITION ORIGINALE.

Très rare exemplaire imprimé sur PAPIER VÉLIN FORT, richement relié sur brochure.

209. — Les Burgraves, trilogie. *Paris, E. Michaud,*

1843, in-8, demi-rel. dos et coins de mar. rouge, dos orné,
non rogné, couv. (*Champs.*)

ÉDITION ORIGINALE.

210. HUGO (V.). **Les Chants du Crépuscule, par V. Hugo.**
Paris, Eug. Renduel, 1835, in-8, mar. bleu jans., tr.
dor. (*Cuzin.*)

ÉDITION ORIGINALE, reliée sur brochure.

211. — **Claude Gueux, par Victor Hugo.** *Paris, Evreat*
(sic), 1834, in-8, mar. La Vallière clair jans., tête dor.,
non rogné, couv. (*Marius Michel.*)

ÉDITION ORIGINALE.
Tirage à part de la *Revue de Paris,* n° du 6 juillet 1834, fait aux frais
de M. Charles Carlieu, négociant à Dunkerque, qui demande au
Directeur de la revue d'en *tirer autant d'exemplaires qu'il y a de députés
en France.*
Portrait de V. Hugo par *Masson* ajouté.

212. — **Cromwell, drame. Par Victor Hugo.** *Paris,*
A. Dupont et Cie, 1828, in-8, cart., *non rogné*, couv.
(*Champs.*)

ÉDITION ORIGINALE.

213. — **Les Feuilles d'Automne par Victor Hugo.** *Paris,*
Eug. Renduel, 1832, in-8, front. de Tony-Johannot, mar.
rouge jans., tr. dor. (*Cuzin.*)

ÉDITION ORIGINALE, reliée sur brochure.

214. — **Hernani ou l'honneur castillan, Drame.** *Paris,*
Mame et Delaunay-Vallée, 1830, in-8, demi-rel. dos et
coins de mar. bleu, tête dor., *non rogné.* (*Thibaron.*)

ÉDITION ORIGINALE.
Envoi autographe de l'auteur et belle lettre autographe du même,
adressée à Mademoiselle Mars et relative à *Hernani.*

215. — **La Légende des Siècles par Victor Hugo.**
Première série. Histoire — Les Petites Épopées. *Paris,*
M. Lévy frères, Hetzel et Cie, 1859, 2 vol. in-8, demi-rel.

dos et coins de mar. bleu, dos orné, *non rognés.* (*Champs.*)

Édition originale.

Exemplaire imprimé sur Papier de Hollande.

216. HUGO (V.). Littérature et Philosophie mêlées, par V. Hugo. *Paris, Eug. Renduel*, 1834, 2 vol. in-8, demi-rel. dos et coins de mar. rouge, dos orné, *non rognés*, couv.

Édition originale. Rare.

217. — Lucrèce Borgia. *Paris, Eug. Renduel*, 1833, in-8, front. de Cél. Nanteuil, mar. La Vallière foncé jans., tr. dor., couv. (*Chambolle-Duru.*)

Édition originale, contenant, en dehors du frontispice de *C. Nanteuil* qui fait partie de l'ouvrage, une deuxième figure, du même artiste, pour l'acte III. Cette eau-forte, tirée également sur Chine, est de la plus grande rareté.

Trois belles lettres autographes de l'auteur, dont l'une relative à la pièce, ajoutées.

En tête et à la fin du volume, se trouvent deux catalogues de l'éditeur Eug. Renduel.

Très bel exemplaire relié sur brochure.

218. — Marie Tudor. *Paris, Eug. Renduel*, 1833, in-8, front. de Cél. Nanteuil, mar. La Vallière jans., tr. dor., couv. (*Chambolle-Duru.*)

Édition originale, reliée sur brochure.

Lettre autographe de l'auteur ajoutée.

219. — Marion de Lorme, drame, par V. Hugo. *Paris, Eug. Renduel*, 1831, in-8, mar. rouge jans., tr. dor. (*Chambolle-Duru.*)

Édition originale, reliée sur brochure.

220. — Notre-Dame de Paris. *Paris, Ch. Gosselin*, 1831, 2 vol. in-8, vign., *brochés*, couv., étuis.

Édition originale. Très rare dans cet état.

221. — Notre-Dame de Paris. Huitième édition. *Paris, Eug. Renduel*, 1832, 3 vol. in-8, veau bleu, dos orné, fil. dorés et dent. à froid, tr. dor. (*Kœhler.*)

Première édition complète, renfermant une nouvelle préface et trois chapitres inédits. Rare.

Bel exemplaire dans sa reliure romantique originale.

222. HUGO (V.). Odes et Poésies diverses. — Nouvelles Odes. — Odes et Ballades par Victor Hugo. *Paris, Pelicier et Ladvocat,* 1822-1826, 3 vol. in-12, front. de Devéria, mar. rouge à grains longs, dos orné, fil., tr. dor., couv. (*Mercier, s^r. de Cuzin.*)

> ÉDITION ORIGINALE des *Odes et Ballades.*
> Belles reliures exécutées sur brochure.

223. — ODES ET BALLADES par Victor Hugo. Quatrième édition augmentée de l'Ode à la Colonne et de dix pièces nouvelles. *Paris, H. Bossange,* 1828, 2 tomes en un vol. in-8, front. et vign. de L. Boulanger, mar. grenat à grains longs, dos orné, enc. de fil. et coins ornés, tr. dor. (*Hering et Muller.*)

> ÉDITION ORIGINALE COLLECTIVE des *Odes et Ballades,* et première édition dans ce format.
> Exemplaire probablement UNIQUE imprimé sur PAPIER BLEU. Les frontispices sont AVANT LA LETTRE sur PAPIER DE CHINE.
> Monsieur G. Vicaire dans son *Manuel de l'Amateur de Livres du XIXe siècle* indique n'avoir jamais vu cette quatrième édition datée de 1828.
> Bel exemplaire dans sa reliure originale, auquel on a ajouté une carte de visite de l'auteur avec ces mots : *du cuivre pour de l'or.*

224. — Œuvres poétiques. Édition elzévirienne. Ornements par E. Froment. *Paris, J. Hetzel et Cie,* 1869-1870, 10 vol. pet. in-8, front. et vign. sur bois, mar. bleu à grains longs jans., *non rognés,* couv. (*Champs.*)

> *Odes et Ballades, Orientales, Chants du crépuscule, Voix intérieures, Feuilles d'Automne,* les *Rayons et les Ombres,* les *Chansons des rues et des bois,* les *Contemplations,* la *Légende des siècles.*
> La plus jolie édition des Poésies de V. Hugo.
> Très rare exemplaire imprimé sur PAPIER DE CHINE.

225. — LES ORIENTALES par Victor Hugo. *Paris, Ch. Gosselin et Bossange,* 1829, in-8, front. et vign. d'après L. Boulanger, mar. bleu, décors à l'orientale sur le dos et autour des plats, doublé de mar. rouge, encadrement doré et mosaïqué, gardes en moire rouge, tr. dor., couv. (*Mercier, s^r de Cuzin.*)

> ÉDITION ORIGINALE.
> Très bel exemplaire, bien relié sur brochure.

226. HUGO (V.). Les Rayons et les Ombres. *Paris, Delloye,* 1840, in-8, mar. rouge jans., tr. dor., couv. (*Cuzin.*)

ÉDITION ORIGINALE, reliée sur brochure.

227. — Le Roi s'amuse, drame par V. Hugo. *Paris, Eug. Renduel,* 1832, in-8, front. de Johannot, demi-rel. dos et coins de mar. bleu, dos orné, *non rogné.* (*Champs.*)

ÉDITION ORIGINALE.

228. — Ruy Blas, drame, par Victor Hugo. *Paris, H. Delloye,* 1838, in-8, demi-rel. dos et coins de mar. bleu, dos orné, *non rogné,* couv. (*Champs.*)

ÉDITION ORIGINALE.

229. — Torquemada, drame. *Paris, Calmann Lévy,* 1882, in-8, cart., *non rogné,* couv. (*Carayon.*)

ÉDITION ORIGINALE.
Envoi autographe de l'auteur.

230. — Les Voix intérieures. *Paris, Eug. Renduel,* 1837, in-8, demi-rel. dos et coins de mar. brun, dos orné, *non rogné,* couv. (*A. Cuzin.*)

ÉDITION ORIGINALE.

231. JALIN (A. de). Le Filleul de Pompignac. Comédie en quatre actes, en prose, par Alphonse de Jalin. *Paris, Michel Lévy frères,* 1869, in-18, cart., *non rogné,* couv.

ÉDITION ORIGINALE.
En collaboration avec Al. Dumas fils.

232. JANIN (J.). L'Amour des Livres par M. Jules Janin. *Paris, J. Miard,* 1866, in-12, mar. bleu, dos orné, fil., doublé de mar. citron, larges dent., tr. dor. (*Reymann.*)

ÉDITION ORIGINALE.
Très bel exemplaire, richement relié sur brochure, avec deux lettres autographes de l'auteur et de l'éditeur, ajoutées.

233. LABICHE (Eug.). Études de Mœurs. La Clef des Champs par Eugène Labiche. *Paris, G. Roux,* 1839,

in-8, demi-rel. dos et coins de mar. rouge, dos orné, *non rogné*, couv. (*Champs.*)

> ÉDITION ORIGINALE. Envoi autographe de l'auteur.
> M. G. Vicaire dans son *Manuel de l'Amateur de Livres du XIXe siècle* déclare n'avoir jamais rencontré cette première édition.

234. LABICHE (Eug.). Théâtre complet de Eugène Labiche. Avec une préface par Émile Augier. *Paris, Calmann Lévy*, 1878-1879, 10 vol. in-18, demi-rel. dos et coins de mar. rouge, dos orné, tête dor., *non rognés*, couv. (*Champs.*)

> Exemplaire imprimé sur PAPIER DE CHINE.

235. LAMARTINE (A. de). La Chute d'un Ange. Episode par Alphonse de Lamartine. *Paris, Ch. Gosselin et W. Coquebert*, 1838, 2 vol. in-8, demi-rel. dos et coins de mar. rouge, dos orné, *non rognés*, couv. (*Champs.*)

> ÉDITION ORIGINALE.

236. — Graziella par A. de Lamartine. *Paris, Librairie nouvelle*, 1852, in-16, demi-rel. dos et coins de mar. rouge, dos orné, *non rogné*, couv.

> ÉDITION ORIGINALE publiée séparément.

237. — Harmonies poétiques et religieuses, par Alphonse de Lamartine. *Paris, Ch. Gosselin*, 1830, 2 vol. in-8, vign. de Alfred et Tony Johannot, mar. violet, dos orné de lyres, riche encadrement autour des plats, doublures et gardes en moire blanche, tr. dor., couv. (*Lortic fils.*)

> ÉDITION ORIGINALE. Lettre autographe de l'auteur à V. Hugo, ajoutée. Riche reliure exécutée sur brochure.

238. — Jocelyn. Episode. Journal trouvé chez un curé de village. Par Alphonse de Lamartine. *Paris, Furne et Ch. Gosselin*, 1836, 2 vol. in-8, demi-rel. dos et coins de mar. bleu, dos orné, *non rognés*, couv. (*Champs.*)

> ÉDITION ORIGINALE.

239. — Méditations poétiques. — Nouvelles Méditations poétiques, par Alphonse de Lamartine. *Paris, Librairie*

grecque-latine-allemande (*impr. de P. Didot l'aîné*) et
U. Canel, 1820-1823, 2 vol. in-8, mar. bleu, dos orné,
fil., tr. dor., couv. (*Chambolle-Duru.*)

ÉDITIONS ORIGINALES.

Le volume des *Méditations* contient le f. de *Table*.

Beaux exemplaires reliés sur brochure. Portrait de l'auteur par *Plée*,
ajouté.

240. LAMARTINE (A. de). Œuvres poétiques de Lamartine.
(Méditations poétiques. — Harmonies poétiques et religieuses. — Jocelyn. — La Chute d'un Ange. — La Mort
de Socrate, Poëme des Visions, Chant du Sacre, Le
Dernier Chant du Pèlerinage d'Harold, Epîtres et Poésies
familières. — Recueillements poétiques, etc. — Graziella.
— Raphaël. — Le Tailleur de Pierre de Saint-Point).
Paris, Hachette et Cie, 1875-1882, 9 vol. gr. in-8, portr.
et vign., demi-rel. dos et coins de mar. bleu, dos orné,
tête dor., *non rognés*, couv. (*Champs.*)

Un des 100 exemplaires numérotés imprimés sur GRAND PAPIER
WHATMAN.

Avec les *cartons* pour les fautes non corrigées aux *Méditations
poétiques*.

De la bibliothèque de Ch. BOURET.

241. — Raphaël. Pages de la vingtième année par A. de
Lamartine. *Paris, Perrotin*, 1849, in-8, demi-rel. dos et
coins de mar. rouge, dos orné, *non rogné*, couv.
(*Champs.*)

ÉDITION ORIGINALE. Envoi autographe de l'auteur.

On a ajouté la suite des 6 figures de *Tony-Johannot*, en épreuves
AVANT LA LETTRE tirées sur PAPIER DE CHINE.

242. — Recueillements poétiques par Alphonse de Lamartine. *Paris, Ch. Gosselin*, 1839, in-8, demi-rel. dos et
coins de veau bleu, dos orné, *non rogné*. (*Rel. de
l'époque.*)

ÉDITION ORIGINALE. Portrait de l'auteur ajouté.

243. — Toussaint Louverture. Poëme dramatique par A.
de Lamartine. *Paris, Michel Lévy frères*, 1850, in-8,

demi-rel. dos et coins de mar. rouge, dos orné, *non
rogné*, couv. (*Champs.*)

Édition originale. Envoi autographe de l'auteur.

244. LAMENNAIS. Paroles d'un Croyant, 1833. *Paris,
Eug. Renduel*, 1834, in-8, mar. brun tête de nègre, dos
orné, enc. de 7 fil. autour des plats, doublé de mar.
rouge, enc. de 7 fil., tr. dor. (*Trautz-Bauzonnet.*)

Édition originale.
Belle reliure exécutée sur brochure.

245. LANO (P. de). Le Secret d'un Empire. La Cour de
Napoléon III par Pierre de Lano. *Paris, Victor-Havard*,
1892, in-18, demi-rel. dos et coins de mar. vert, *non
rogné*, couv. (*Carayon.*)

Édition originale. Un des 20 exemplaires numérotés sur Papier de
Hollande.

246. LAVEDAN (Henri). Le Prince d'Aurec. Comédie en
trois actes. *Paris, Calmann Lévy*, 1894, in-8, cart., *non
rogné*, couv. (*Champs.*)

Édition originale.
On y joint : H. Lavedan. La Critique du Prince d'Aurec. *Paris,
Ollendorff*, 1892, in-18, cart., *non rogné*, couv. (*Champs.*) Édition
originale.

247. — Théâtre. *Paris, Ollendorff et Calmann Lévy*,
1891-1897, 2 vol. in-18, cart., *non rognés*, couv. (*Champs.*)

Les Deux Noblesses, 1897. — Une Famille, 1891.
Éditions originales.

248. LECONTE DE LISLE. Poèmes antiques par Leconte
de Lisle. *Paris, M. Ducloux*, 1852, in-18, demi-rel. dos et
coins de mar. vert, dos orné, *non rogné*, couv. (*Champs.*)

Édition originale.

249. — Poèmes et Poésies par Leconte de Lisle. *Paris,
Dentu*, 1855, in-18, demi-rel. dos et coins de mar. vert,
dos orné, *non rogné*, couv. (*Champs.*)

Édition originale.

250. LECONTE DE LISLE. Poèmes barbares. *Paris, Poulet-Malassis*, 1862, in-18, demi-rel. dos et coins de mar. vert, dos orné, *non rogné*, couv. (*Champs.*)

ÉDITION ORIGINALE.

251. LEGOUVE (Ernest). Un Jeune Homme qui ne fait rien. Comédie en un acte et en vers par Ernest Legouvé. *Paris, Michel Lévy frères*, 1861, in-18, cart., *non rogné*, couv.

ÉDITION ORIGINALE.

On y joint du même auteur : *Par droit de conquête,* comédie, 1888 et *Médée,* tragédie (extraite d'une édition collective).

252. LEMAITRE (J.). Le Député Leveau. Comédie en quatre actes par Jules Lemaître. *Paris, Calmann Lévy*, 1891, in-18, cart., *non rogné*, couv.

ÉDITION ORIGINALE.

253. — Myrrha, vierge et martyre. *Paris, Lecène, Oudin et Cie*, 1894, in-18, demi-rel. dos et coins de mar. bleu, dos orné, tête dor., *non rogné*, couv. (*Champs.*)

ÉDITION ORIGINALE. Un des 15 exemplaires numérotés sur PAPIER DU JAPON.

254. — Les Rois. *Paris, Calmann Lévy,* 1893, in-18, demi-rel. dos et coins de mar. bleu, dos orné, tête dor., *non rogné*, couv. (*Champs.*)

ÉDITION ORIGINALE. Un des 40 exemplaires numérotés sur PAPIER DE HOLLANDE.

255. LOMON (Ch.). Jean Dacier. Drame en cinq actes, en vers, par Charles Lomon. *Paris, P. Ollendorff,* 1877, in-8, cart., *non rogné*, couv.

ÉDITION ORIGINALE. Un des 50 exemplaires numérotés sur PAPIER DE HOLLANDE.

256. LOTI (Pierre). Aziyadé. Stamboul, 1876-1877. Extrait des notes et lettres d'un lieutenant de la marine anglaise entré au service de la Turquie le 10 mai 1876 tué sous les

murs de Kars, le 27 octobre 1877. *Paris, Calmann Lévy,* 1879, in-18, demi-rel. dos et coins de mar. bleu, dos orné en mosaïque, tête dor., *non rogné,* couv. (*Champs.*)

ÉDITION ORIGINALE. Couverture blanche, illustrée d'un portrait imprimé en mauve, conservée.

257. LOTI (P.). Le Mariage de Loti — Rarahu. Par l'auteur d'Aziyadé (Pierre Loti). *Paris, Calmann Lévy,* 1880, in-18, cart. toile, *non rogné.* (*Pierson.*)

ÉDITION ORIGINALE. Envoi autographe de l'auteur.
De la bibliothèque de E. de GONCOURT, qui a ajouté une page du manuscrit original de P. Loti.

258. — Mon Frère Yves par Pierre Loti. *Paris, Calmann Lévy,* 1883, in-18, cart. toile, *non rogné,* couv. (*Pierson.*)

ÉDITION ORIGINALE. Un des 20 exemplaires numérotés sur PAPIER DE HOLLANDE. Envoi autographe de l'auteur.
De la bibliothèque de GONCOURT, qui a ajouté une page autographe du manuscrit original de P. Loti.

259. — Ramuntcho par Pierre Loti. *Paris, Calmann Lévy,* 1897, in-18, cart. toile, *non rogné,* couv. (*Champs.*)

ÉDITION ORIGINALE.

260. MANUEL (Eugène). Pages intimes, poésies. — Pendant la Guerre, poésies. — Poëmes populaires. *Paris, Michel Lévy frères,* 1866-1872, 3 vol. in-18, mar. rouge, dos orné, fil. et milieux, tr. dor. (*Cottin-Simier.*)

ÉDITIONS ORIGINALES.
Beaux exemplaires imprimés sur PAPIER DE HOLLANDE, avec envois autographes de l'auteur à J. Simon, sur chaque volume.

261. — Les Ouvriers. Drame en un acte, en vers, par Eugène Manuel. *Paris, Michel Lévy frères,* 1870, in-18, cart., *non rogné,* couv.

ÉDITION ORIGINALE. PAPIER DE HOLLANDE.

262. MAUPASSANT (Guy de). Bel Ami. *Paris, Victor-Havard,* 1885, in-18, cart., *non rogné,* couv.

ÉDITION ORIGINALE.

263. MAUPASSANT (Guy de). Clair de Lune. (Un Coup d'Etat, le Loup, l'Enfant, Conte de Noël, la Reine Hortense, le Pardon, etc.). *Paris, Ed. Monnier*, 1884, in-18, cart., *non rogné*, couv.

ÉDITION ORIGINALE.

264. — Contes de la Bécasse. (Ce cochon de Morin, la Folle, Pierrot, Menuet, La Peur, Farce normande, les Sabots, etc.). *Paris, Rouveyre et Blond*, 1883, in-18, cart., *non rogné*, couv.

ÉDITION ORIGINALE.

265. — Des Vers, par Guy de Maupassan *Paris, G. Charpentier*, 1880, in-18, cart., *non rogné*, couv.

ÉDITION ORIGINALE.

266. — Fort comme la Mort. *Paris, P. Ollendorff*, 1889, in-18, cart., *non rogné*, couv.

ÉDITION ORIGINALE.

267. — Le Horla. (Amour, le Trou, Sauvée, Clochette, le Marquis de Fumerol, le Signe, le Diable, etc.). *Paris, P. Ollendorff*, 1887, in-18, cart., *non rogné*, couv. (*Champs.*)

ÉDITION ORIGINALE.

268. — L'Inutile Beauté. (Le Champ d'Oliviers, Mouche, le Noyé, l'Épreuve, etc.). *Paris, Victor-Havard*, 1890, in-18, cart., *non rogné*, couv.

ÉDITION ORIGINALE.

269. — Mlle Fifi. (La Bûche, le Lit, un Réveillon, etc.). Eau-forte de Just. *Bruxelles, Kistemaeckers*, 1882, in-12, portr., cart., *non rogné*, couv.

ÉDITION ORIGINALE. PAPIER DE HOLLANDE.

270. — La Main gauche. (Allouma, Hautot père et fils, Boitelle, l'Ordonnance, le Lapin, un Soir, etc.). Par Guy de Maupassant. *Paris, P. Ollendorff*, 1889, in-18, cart., *non rogné*, couv.

ÉDITION ORIGINALE.

271. MAUPASSANT (Guy de). La Maison Tellier. (Sur l'Eau, Histoire d'une Fille de Ferme, En Famille, Le Papa de Simon, etc.). *Paris, Victor-Havard,* 1881, in-18, cart., *non rogné,* couv.

ÉDITION ORIGINALE.

272. — Miss Hariett. (L'Héritage, Denis, l'Ane, Idylle, la Ficelle, Garçon, un bock!, le Baptême, Regret, etc.). *Paris, Victor-Havard,* 1884, in-18, cart., *non rogné,* couv.

ÉDITION ORIGINALE.

273. — Monsieur Parent. (La Bête à Mait'Belhomme, A Vendre, l'Inconnue, la Confidence, le Baptême, Imprudence, etc.), par Guy de Maupassant. *Paris, P. Ollendorff,* 1886, in-18, cart., *non rogné,* couv.

ÉDITION ORIGINALE.

274. — Mont-Oriol. *Paris, V. Havard,* 1887, in-18, cart., *non rogné,* couv.

ÉDITION ORIGINALE.

275. — Notre Cœur. *Paris, Ollendorff,* 1890, in-18, cart., *non rogné,* couv.

ÉDITION ORIGINALE.

276. — La Petite Roque. (L'Epave, l'Ermite, Mademoiselle Perle, Rosalie Prudent, Sur les Chats, Sauvée, etc.). *Paris, Victor-Havard,* 1886, in-18, cart., *non rogné,* couv.

ÉDITION ORIGINALE.

277. — Pierre et Jean. *Paris, P. Ollendorff,* 1888, in-18, cart., *non rogné,* couv.

ÉDITION ORIGINALE.

278. — Le Rosier de Madame Husson. (Un Echec, Enragée, le Modèle, la Baronne, une Vente, l'Assassin, la Martine, une Soirée, etc.). *Paris, Librairie moderne,* 1888, in-18, cart., *non rogné,* couv.

ÉDITION ORIGINALE.

279. MAUPASSANT (Guy de). Les Sœurs Rondoli. (La Patronne, le Petit Fût, Lui?, Mon Oncle Sosthène, le Mal d'André, le Pain maudit, le Cas de Madame Luneau, etc.). *Paris, P. Ollendorff,* 1884, in-18, cart., *non rogné,* couv.

ÉDITION ORIGINALE.

280. — Au Soleil. (Aux Eaux. — En Bretagne). *Paris, Victor-Havard,* 1884, in-18, cart., *non rogné,* couv.

ÉDITION ORIGINALE.

281. — Sur l'Eau. Dessins de Riou. Gravure de Guillaume frères. *Paris, Marpon et Flammarion, s. d.* (1888), in-18, fig., cart., *non rogné,* couv.

ÉDITION ORIGINALE.

282. — Une Vie. *Paris, Victor Havard,* 1883, in-18, cart., *non rogné,* couv.

ÉDITION ORIGINALE.

283. — La Vie errante, par Guy de Maupassant. *Paris, P. Ollendorff,* 1890, in-18, cart., *non rogné,* couv.

ÉDITION ORIGINALE. PAPIER DE HOLLANDE.

284. — Yvette. (Le Retour, l'Abandonnée, les Idées du Colonel, Promenade, etc.). *Paris, Victor Havard,* 1885, n-18, cart., *non rogné,* couv.

ÉDITION ORIGINALE.

285. MEILHAC (Henri). Théâtre. *Paris, Michel Lévy frères et Calmann Lévy,* 1859-1894, 4 vol. in-18, cart., *non rognés,* couv.

Gotte, 1894, PAPIER DE HOLLANDE. — Margot, 1894, PAPIER DE HOLLANDE. — Un Petit-Fils de Mascarille, 1859. — Suzanne et les deux Vieillards, 1868.
ÉDITIONS ORIGINALES.

286. MEILHAC (H.) et DELAVIGNE (A.). L'Echéance. Comédie en un acte par Henri Meilhac et A. Delavigne.

Paris, Michel Lévy frères, 1862, in-18, cart., *non rogné*, couv.

ÉDITION ORIGINALE.

287. MEILHAC (H.) et HALÉVY (Lud.). Théâtre. *Paris, Michel Lévy frères et Calmann Lévy*, 1863-1877, 8 vol. in-18, cart., *non rognés*, couv.

Barbe-bleue, 1866, envois autographes. — La Belle Hélène, 1865. — La Boule, 1875. — Le Bouquet, 1868. — Le Brésilien, 1863. — Les Brigands, 1870. — Le Château à Toto, 1868. — La Cigale, 1877. ÉDITIONS ORIGINALES.

288. — Théâtre. *Paris, Michel Lévy frères et Calmann Lévy*, 1867-1879, 8 vol. in-8 et in-18, cart., *non rognés*, couv.

L'Été de la Saint-Martin, 1873. — Fanny Lear, 1868. — Froufrou, 1870, in-8. — La Grande-Duchesse de Gérolstein, 1867. — Madame attend Monsieur, 1872, envois autographes. — Le Mari de la Débutante, 1879. — La Mi-Carême, 1874. — La Périchole, 1868. ÉDITIONS ORIGINALES.

289. — Théâtre. *Paris, Michel Lévy frères et Calmann Lévy*, 1872-1879, 7 vol. in-18, cart., *non rognés*, couv.

Le Petit Hôtel, 1879. — La Petite Marquise, 1874. — Le Réveillon, 1872. — Le Roi Candaule, 1873. — Les Sonnettes, 1873. — Toto chez Tata, 1873. — Tricoche et Cacolet, 1872. ÉDITIONS ORIGINALES.

290. — Théâtre de Meilhac et Halévy. *Paris, Calmann Lévy, s. d.*, 8 vol. in-18, demi-rel. dos et coins de mar. rouge, dos orné, tête dor., *non rognés*, couv. (*Champs*.)

Un des 25 exemplaires numérotés sur PAPIER DE CHINE.

291. MENDÈS (Catulle). Scarron. Comédie tragique en cinq actes, en vers. Musique et Chansons de M. Reynaldo Hahn. *Paris, Charpentier et Fasquelle*, 1905, in-18, cart. *non rogné*, couv. (*Champs-Stroobants*.)

ÉDITION ORIGINALE.

292. MÉRIMÉE (Prosper). Carmen par Prosper Mérimée. *Paris, Michel Lévy frères*, 1846, in-8, demi-rel. dos et

coins de mar. bleu, dos orné en mosaïque, tête dor., *non
rogné. (Mercier, s^r de Cuzin.)*

ÉDITION ORIGINALE. Très rare.

293. MERIMÉE (P.). La Chambre bleue. Nouvelle dédiée
à Madame de La Rhune (par P. Mérimée). *Bruxelles,*
1872, in-8, vign. de Bracquemond, demi-rel. dos et coins
de mar. bleu, dos orné en mosaïque, tête dor., *non rogné,*
couv.

ÉDITION ORIGINALE. PAPIER VÉLIN.
On a ajouté le fumé d'une vignette similaire à celle qui orne le titre.
De la bibliothèque de Aglaus BOUVENNE.

294. — 1572. Chronique du temps de Charles IX, par
l'auteur du Théâtre de Clara Gazul (Prosper Mérimée).
Paris, Alex. Mesnier, 1829, in-8, mar. rouge jans., tr.
dor. (*Cuzin.*)

ÉDITION ORIGINALE.
Bel exemplaire relié sur brochure.

295. — Colomba, par Prosper Mérimée. *Paris, Magen
et Comon,* 1841, in-8, demi-rel. dos et coins de mar. vert,
dos orné, *non rogné,* couv. (*Mercier, s^r de Cuzin.*)

ÉDITION ORIGINALE.

296. — Dernières nouvelles de Prosper Mérimée. Lokis.
Il Viccolo di Madama Lucrezia. La Chambre bleue.
Djoumane. Le Coup de Pistolet. Federigo. Les Sorcières
espagnoles. *Paris, Michel Lévy frères,* 1873, in-18,
mar. bleu jans., tête dor., *non rogné,* couv. (*Marius
Michel.*)

ÉDITION ORIGINALE. Exemplaire imprimé sur PAPIER DE HOLLANDE.

297. — Les Deux Héritages suivis de l'Inspecteur général
et des Débuts d'un Aventurier, par Prosper Mérimée.
Paris, Michel Lévy frères, 1853, in-18, demi-rel. dos et
coins de mar. rouge, tête dor., *non rogné,* couv.

ÉDITION ORIGINALE.

298. MERIMEE (P.). La Double Méprise. Par l'auteur du Théâtre de Clara Gazul (Mérimée). *Paris, H. Fournier,* 1833, in-8, demi-rel. dos et coins de mar. rouge, dos orné, tête dor., *non rogné. (Champs.)*

Édition originale.

299. — H. B. (Henri Beyle, par) P. M. (Prosper Mérimée). *S. l. n. d. (Alençon, Poulet-Malassis, 1857),* in-16 carré, mar. vert, dos orné, enc. de fil. avec chiffres dans les angles, tête dor., *non rogné.*

Seconde édition, tirée à 36 exemplaires.
De la bibliothèque de Nadar.

300. — La Jaquerie, scènes féodales, suivies de la Famille Carvajal, drame. Par l'auteur du Théâtre de Clara Gazul (P. Mérimée). *Paris, Brissot-Thivars,* 1828, in-8, demi-rel. dos et coins de mar. bleu, dos orné, *non rogné,* couv. *(Champs.)*

Édition originale.

301. — Lettres à M. Panizzi 1850-1870. Publiées par M. Louis Fagan. *Paris, Calmann Lévy,* 1881, 2 vol. in-8, portr., demi-rel. dos et coins de mar. bleu, tête dor., *non rognés,* couv. *(Allô.)*

Édition originale. Un des 30 exemplaires numérotés sur Papier de Hollande.

302. — Théâtre de Clara Gazul, comédienne espagnole. *Paris, A. Sautelet et Cⁱᵉ,* 1825, in-8, demi-rel. dos et coins de mar. bleu, dos orné, *non rogné,* couv. *(Champs.)*

Édition originale.

303. MONSELET (Charles). Les Aveux d'un Pamphlétaire. *Paris, V. Lecou,* 1854, pet. in-12, cart., *non rogné,* couv.

Édition originale. Envoi autographe de l'auteur.

304. — Les Créanciers. Œuvre de vengeance avec une cruelle eau-forte d'Émile Benassit. *Paris, R. Pincebourde,* 1870, in-8, front., cart., *non rogné,* couv.

Un des 80 exemplaires sur PAPIER VERGÉ DE HOLLANDE, avec le frontispice en trois états.

305. MONSELET (Ch.). Les Oubliés et les Dédaignés. Figures littéraires de la fin du 18e siècle par M. Charles Monselet. *Alençon, Poulet-Malassis et De Broise,* 1857, 2 vol. in-18, cart., *non rognés,* couv.

ÉDITION ORIGINALE.

306. — Le Plaisir et l'Amour. *Paris, F. Sartorius,* 1865, in-18, portr., cart., *non rogné,* couv.

ÉDITION ORIGINALE.

307. — Théâtre de Figaro. Avec un rideau dessiné par Ch. Voillemot. *Paris, F. Sartorius,* 1861, in-18, front., cart., *non rogné,* couv.

ÉDITION ORIGINALE.

308. — Les Tréteaux de Charles Monselet. Avec un frontispice dessiné et gravé par Bacquemond. *Paris, Poulet-Malasiss et De Broise,* 1859, in-18, front., cart., *non rogné,* couv.

ÉDITION ORIGINALE.

309. MURGER (H.). Le Bonhomme Jadis. Comédie en un acte en prose par Henry Murger. *Paris, Michel Lévy frères,* 1852, in-18, cart., *non rogné. (Champs.)*

ÉDITION ORIGINALE.

310. — Scènes de la Bohème. *Paris, Michel Lévy frères,* 1851, in-18, demi-rel. dos et coins de mar. rouge, dos orné, *non rogné,* couv. *(Champs.)*

ÉDITION ORIGINALE.

311. — Scènes de la Vie de Jeunesse, par Henry Murger. *Paris, Michel Lévy frères,* 1851, in-18, demi-rel. veau fauve, dos orné, *non rogné. (A. Despierres.)*

ÉDITION ORIGINALE.
Très rare exemplaire imprimé sur PAPIER DE HOLLANDE, avec un bel envoi autographe de l'auteur à Jules Janin.
De la bibliothèque de J. JANIN.

312. MUSSET (Alfred de). L'Anglais mangeur d'opium, traduit de l'anglais par A. D. M. (Alfred de Musset). *Paris, Mame et Delaunay-Vallée*, 1828, in-12, mar. rouge jans., tr. dor. (*Cuzin.*)

> ÉDITION ORIGINALE.
> L'original anglais intitulé « *Confession of an English Opium Eater* » est du célèbre Thomas de Quincey.
> Bel exemplaire relié sur brochure.

313. — La Confession d'un enfant du siècle par Alfred de Musset. *Paris, F. Bonnaire*, 1836, 2 vol. in-8, mar. rouge, dos orné, fil., tr. dor. (*Cuzin.*)

> ÉDITION ORIGINALE.
> Deux lettres autographes de l'auteur ajoutées.
> Bel exemplaire relié sur brochure.

314. — Contes, par Alfred de Musset. *Paris, Charpentier*, 1854, in-18, demi-rel. dos et coins de mar. bleu, dos orné, tête dor., *non rogné*, couv. (*Champs.*)

> PREMIÈRE ÉDITION de ce format.

315. — Contes d'Espagne et d'Italie par M. Alfred de Musset. *Paris, A. Levavasseur et Urbain Canel*, 1830, in-8, mar. rouge, dos orné, fil., tr. dor. (*Cuzin.*)

> ÉDITION ORIGINALE du premier livre de poésies publié par Musset portant son nom.
> Ce volume, tiré à 500 exemplaires, est devenu très rare.
> Bel exemplaire relié sur brochure.

316. — Les Deux Maîtresses (Emmeline, le Fils du Titien). — Frédéric et Bernerette (Croisilles, Margot). *Paris, Dumont*, 1840, 2 vol. in-8, mar. rouge, dos orné, fil., tr. dor. (*Mercier, sʳ de Cuzin.*)

> ÉDITION ORIGINALE. Très rare.
> Deux lettres autographes de l'auteur ajoutées.
> Bel exemplaire relié sur brochure.

317. — Nouvelles par Alfred et Paul de Musset. (Pierre et Camille ; Le Secret de Javotte ; Fleuranges ; Deux mois de séparation). *Paris, V. Magen*, 1848, in-8, mar. rouge, dos orné, fil., tr. dor. (*Chambolle-Duru.*)

Edition originale.

Bel exemplaire relié sur brochure, auquel on a ajouté : 1º le portrai de Musset, dessin original à la plume par *Thulstrud ;* 2º une nouvellet inconnue d'Alfred de Musset : *les Frères Van-Buck,* publiée à quelques exemplaires par les soins de M. Jolly Bavoillot d'après l'article paru dans le Constitutionnel du 27 juillet 1844.

318. MUSSET (A. de). Mélanges de littérature et de critique. *Paris, Charpentier,* 1867, in-18, demi-rel. dos et coins de mar. bleu, dos orné, tête dor., *non rogné,* couv. (*Champs.*)

Édition originale dans ce format.

319. — Œuvres posthumes de Alfred de Musset. *Paris, Charpentier,* 1860, in-18, demi-rel. dos et coins de mar. bleu, dos orné, tête dor., *non rogné,* couv. (*Champs.*)

Première édition de ce format.

320. — Poésies nouvelles de Alfred de Musset. (1840-1849). *Paris, Charpentier,* 1850, in-18, mar. bleu, dos orné, fil., tr. dor., couv. (*Lortic frères.*)

Édition originale de ce format.

Sonnet autographe de l'auteur ajouté, ainsi que son portrait et 2 figures.

321. — Un Rêve. Ballade par Alfred de Musset. Cent cinquante vers inconnus. Avec note bibliographique (par A. Poulet-Malassis) suivie d'une notice des portraits du poète (par M. Tourneux). *Paris, P. Rouquette,* 1875, in-8, demi-rel. mar. bleu, dos orné, *non rogné,* couv.(*Champs.*)

Édition originale. Papier vergé.

322. — Un Spectacle dans un fauteuil, (vers et prose), par Alfred de Musset. *Paris, Eug. Renduel et librairie de la Revue des Deux-Mondes,* 1833-1834, 3 vol. in-8, mar. rouge, dos orné, fil., tr. dor. (*Cuzin.*)

Éditions originales.

On a ajouté au volume de *Vers,* un douzain autographe de l'auteur et au premier volume de *Prose,* un Avis d'ordonnance de payement avec signature autographe de A. de Musset.

Beaux exemplaires reliés sur brochure.

323. MUSSET (A. de). Théâtre. *Paris, Charpentier (et Michel Lévy frères)*, 1847-1866, 12 vol. in-18, demi-rel. mar. bleu, dos orné, *non rognés,* couv. (*Champs.*)

> André del Sarto, 1851. — Bettine, 1851. — Un Caprice, 1847. — Les Caprices de Marianne, 1851. — Carmosine, 1865. — Le Chandelier, 1848. — Fantasio, 1866. — L'Habit vert (1849, en collaboration avec Émile Augier, exemplaire sans couverture). — Il faut qu'une porte soit ouverte ou fermée, 1848. — Il ne faut jurer de rien, 1848, envoi autographe. — Louison, 1849. — On ne badine pas avec l'amour, 1861.
> Éditions originales.

324. — Souvenirs de Madame C. Jaubert. Lettres et Correspondances. Berryer. 1847 et 1848. Alfred de Musset. Pierre Lanfrey. Henri Heine. *Paris, J. Hetzel et Cⁱᵉ*, s. d. (1879), in-18, mar. rouge jans., tr. dor., couv. (*Cuzin.*)

> Édition originale de cet ouvrage dans lequel se trouvent une vingtaine de lettres inédites de A. de Musset.
> Madame Jaubert était la marraine du poète.

325. NAPOLÉON Iᵉʳ. Lettres de Napoléon à Joséphine, pendant la première campagne d'Italie, le Consulat et l'Empire ; et Lettres de Joséphine à Napoléon, et à sa fille. *Paris, Firmin Didot frères*, 1833, 2 vol. in-8, fac-similés, demi-rel. dos et coins de mar. vert, dos orné, *non rognés.* (*Champs.*)

> Exemplaire imprimé sur Papier de Chine. Rare.
> Portrait de Joséphine, ajouté.

326. NERVAL (Gérard de). La Bohême galante par Gérard de Nerval. *Paris, Michel Lévy frères*, 1855, in-18, demi-rel. dos et coins de mar. rouge, dos orné, *non rogné,* couv. (*Champs.*)

> Édition originale. Un des rares exemplaires imprimés sur papier vélin fort.

327. NODIER (Ch.). Une Corbeille de Rognures, ou Feuillets arrachés d'un Livre sans Titre. Par M. Ch. Nodier. *Tournai,* 1836, in-8, demi-rel. dos et coins de mar. grenat, dos orné. (*Rel. de l'époque.*)

Édition tirée à 40 exemplaires, non mise dans le commerce.

Exemplaire unique imprimé sur PAPIER JAUNE FORT, pour Ch. Nodier.

On a joint la lettre autographe de Fréd. Hennebert, l'éditeur de cette plaquette, membre de la Société des Bibliophiles de Mons, adressée à Ch. Nodier.

328. NORIAC (Jules). La Bêtise humaine. Roman inédit. *Paris, Librairie nouvelle,* 1860, in-18, cart., *non rogné.*

ÉDITION ORIGINALE.

Un des très rares exemplaires imprimés sur PAPIER DE HOLLANDE, avec fausses marges in-8.

329. O'NEDDY (Philothée). Feu et Flamme, par Philothée O'Neddy. *Paris, Dondey-Dupré,* 1833, in-8, front. de Cél. Nanteuil, demi-rel. dos et coins de mar. vert, dos orné, *non rogné,* couv. (*A. Cuzin.*)

ÉDITION ORIGINALE.

330. ORLÉANS (Ferdinand-Philippe, duc). Campagnes de l'Armée d'Afrique 1835-1839 par le Duc d'Orléans, publié par ses fils (Louis-Philippe d'Orléans et Robert d'Orléans). *Paris, Michel Lévy frères,* 1870, in-8, portr. et carte, demi-rel. dos et coins de mar. bleu, dos orné, tête dor., *non rogné,* couv. (*Champs.*)

PAPIER DE HOLLANDE. Envoi autographe des fils de l'auteur.

331. ORTIGUE (J. d'). Le Balcon de l'Opéra. Par Joseph d'Ortigue. *Paris, Eug. Renduel,* 1833, in-8, front. de Cél. Nanteuil, demi-rel. dos et coins de mar. La Vallière, *non rogné,* couv.

ÉDITION ORIGINALE.

Bel envoi autographe de l'auteur à son frère.

332. PAILLERON (Ed.). Le Monde où l'on s'ennuie. Comédie en trois actes par Édouard Pailleron. *Paris, Calmann Lévy,* 1881, in-8, demi-rel. dos et coins de mar. La Vallière, *non rogné,* couv. (*Champs.*)

ÉDITION ORIGINALE. Sur le faux-titre, les signatures autographes de l'auteur et des principales actrices ayant joué la pièce.

333. PAILLERON (Ed.). Théâtre. *Paris, Michel Lévy frères et Calmann Lévy,* 1869-1894, 4 vol. in-8, cart., *non rognés,* couv. (*Champs.*)

Cabotins !, 1894. — Les Faux Ménages, 1869. — Hélène, 1873. — La Souris, 1888.

ÉDITIONS ORIGINALES.

334. — Théâtre. *Paris, Michel Lévy frères et Calmann Lévy,* 1860-1881, 11 vol. in-18, cart., *non rognés,* couv.

L'Age ingrat, 1879. — L'Autre Motif, 1872. — Le Dernier Quartier, 1864. — L'Etincelle, 1879. — Le Monde où l'on s'amuse, 1869. — Le Mur mitoyen, 1862. — Le Parasite, 1860. — Les Parasites (Poésies), 1861. — Pendant le Bal, 1881. — Petite Pluie, 1876. — Le Second Mouvement, 1865.

ÉDITIONS ORIGINALES.

335. — Le Théâtre chez Madame par Edouard Pailleron. *Paris, Calmann Lévy,* 1881, in-16, demi-rel. mar. bleu, tête dor., *non rogné.* (*Champs.*)

PAPIER VERGÉ.

336. PARNASSICULET (le) contemporain. Recueil de vers nouveaux précédé de l'Hôtel du Dragon bleu (par P. Arène, A. Delvau, A. Daudet, etc.) et orné d'une très étrange eau-forte (par Delor). *Paris,* (*J. Lemer*), 1867, in-18, front., demi-rel. dos et coins de mar. rouge, *non rogné,* couv. (*Champs.*)

ÉDITION ORIGINALE.

337. PONSARD. Harmonie (Arme-au-nid) charade en trois tableaux, par M. Ponsard, jouée au palais de Compiègne le 15 Décembre 1863. *Paris, impr. impériale,* 1863, gr. in-8, demi-rel. dos et coins de mar. bleu, *non rogné,* couv. (*Champs.*)

Tiré à 100 exemplaires, pour être offert aux invités de Napoléon III à Compiègne.

338. PRÉVOST (Marcel). L'Automne d'une Femme. *Paris, A. Lemerre,* 1893, in-18, demi-rel. dos et coins de mar. bleu, *non rogné,* couv. (*Champs.*)

ÉDITION ORIGINALE. Un des 10 exemplaires numérotés imprimés sur PAPIER DE CHINE.

339. PRÉVOST (M.). Chonchette. *Paris, A. Lemerre,* 1888, in-18, demi-rel. dos et coins de mar. bleu, *non rogné,* couv. (*Champs.*)

ÉDITION ORIGINALE. Exemplaire imprimé sur PAPIER DE CHINE.

340. — La Confession d'un amant. *Paris, A. Lemerre,* 1891, in-18, cart., *non rogné,* couv.

ÉDITION ORIGINALE.

341. — Cousine Laura. Mœurs de Théâtre. *Paris, A. Lemerre,* 1890, in-18, demi-rel. dos et coins de mar. bleu, *non rogné,* couv. (*Champs.*)

ÉDITION ORIGINALE.
Exemplaire imprimé sur PAPIER DE CHINE.

342. — Les Demi-Vierges. *Paris, A. Lemerre,* 1894, in-18, demi-rel. dos et coins de mar. bleu, *non rogné,* couv. (*Champs.*)

ÉDITION ORIGINALE. Un des 15 exemplaires numérotés imprimés sur PAPIER DE CHINE.

343. — Le Jardin secret. *Paris, A. Lemerre,* 1897, in-18, demi-rel. dos et coins de mar. bleu, *non rogné,* couv. (*Champs.*)

ÉDITION ORIGINALE. Un des 15 exemplaires numérotés imprimés sur PAPIER DE CHINE.

344. — Mademoiselle Jaufre. *Paris, A. Lemerre,* 1889, in-18, demi-rel. dos et coins de mar. bleu, *non rogné,* couv. (*Champs.*)

ÉDITION ORIGINALE. Un des 12 exemplaires imprimés sur PAPIER DE CHINE.

345. — Notre Compagne (Provinciales et Parisiennes). *Paris, A. Lemerre,* 1895, in-18, demi-rel. dos et coins de mar. bleu, *non rogné,* couv. (*Champs.*)

ÉDITION ORIGINALE. Un des 15 exemplaires numérotés imprimés sur PAPIER DE CHINE.

346. — Le Scorpion. *Paris, A. Lemerre,* 1887, in-18, demi-rel. dos et coins de mar. bleu, *non rogné,* couv. (*Champs.*)

ÉDITION ORIGINALE. Exemplaire imprimé sur PAPIER DE CHINE.

347. RICHEPIN (Jean). Braves Gens. Roman parisien. *Paris, M. Dreyfous,* 1886, in-18, cart., *non rogné,* couv.

ÉDITION ORIGINALE. Envoi autographe de l'auteur.

348. — Les Caresses par Jean Richepin. *Paris, G. Decaux, s. d.* (1877), in-18, cart., *non rogné,* couv.

ÉDITION ORIGINALE.

349. — La Chanson des Gueux. Gueux des Champs. Gueux de Paris. Nous autres Gueux. *Paris, Librairie illustrée, s. d.* (1876), in-18, demi-rel. dos et coins de mar. grenat, *non rogné,* couv. (*Champs.*)

ÉDITION ORIGINALE.

350. — Madame André. *Paris, M. Dreyfous,* 1878, in-18, demi-rel. dos et coins de mar. vert, *non rogné.* couv.

ÉDITION ORIGINALE.

351. — La Mer. *Paris, M. Dreyfous,* 1886, in-18, cart., *non rogné,* couv.

ÉDITION ORIGINALE.

352. — Miarka. La Fille à l'Ourse. *Paris, M. Dreyfous, s. d.* (1883), in-18, demi-rel. dos et coins de mar. rouge, *non rogné,* couv. (*Carayon.*)

ÉDITION ORIGINALE. Un des 50 exemplaires numérotés sur PAPIER DE HOLLANDE.

353. — Les Morts bizarres. *Paris, G. Decaux, s. d.* (1876), in-18, cart., *non rogné,* couv.

ÉDITION ORIGINALE.

354. — Nana-Sahib. Drame en vers en sept tableaux. *Paris, M. Dreyfous, s. d.* (1883), in-8, cart., *non rogné,* couv. (*Champs.*)

ÉDITION ORIGINALE. Un des 25 exemplaires numérotés sur PAPIER DE HOLLANDE.

355. — Le Pavé. *Paris, M. Dreyfous,* 1886, in-18, cart., *non rogné,* couv.

ÉDITION ORIGINALE. Envoi autographe de l'auteur.

356. RICHEPIN (J.). Quatre petits Romans. Sœur Doc-
trouvé. Monsieur Destrémeaux. Une Histoire de l'autre
monde. Les Débuts de César Borgia. Précédés de ma
Préface. *Paris, M. Dreyfous, s. d.* (1882), in-18, demi-rel.
dos et coins de mar. rouge, *non rogné*, couv. (*Champs.*)

Édition en partie originale. Un des 50 exemplaires numérotés sur
Papier de Hollande.

357. — Théâtre. *Paris, M. Dreyfous et Charpentier et
Fasquelle*, 1883-1897, 5 vol. in-8, cart., *non rognés*,
couv. (*Champs.*)

Le Chemineau, 1897. — Le Flibustier, 1888. — La Glu, 1883. —
Par le Glaive, 1892. — Monsieur Scapin, 1886.
Éditions originales.

358. ROSTAND (Edmond). L'Aiglon. Drame en six actes, en
vers. *Paris, Charpentier et Fasquelle*, 1900, in-18, cart.,
non rogné, couv. (*Champs.*)

Édition originale.

359. — Cyrano de Bergerac. Comédie héroïque en cinq
actes, en vers. *Paris, Charpentier et Fasquelle*, 1898,
in-18, cart., *non rogné*, couv. (*Champs.*)

Édition originale.

360. — La Princesse lointaine. Pièce en quatre actes en
vers. *Paris, Charpentier et Fasquelle*, 1895, in-18,
cart., *non rogné*, couv. (*Champs.*)

Édition originale.

361. — Les Romanesques. Comédie en trois actes en vers.
Paris, Charpentier et Fasquelle, 1894, in-18, cart., *non
rogné*, couv. (*Champs.*)

Édition originale.

362. — La Samaritaine. Evangile en trois tableaux, en
vers. *Paris, Charpentier et Fasquelle*, 1897, in-8 carré,
cart., *non rogné*, couv. (*Champs.*)

Édition originale.

363. ROYER (Alph.). Venezia la Bella par Alphonse Royer. *Paris, Eug. Renduel,* 1834, 2 vol. in-8, front. de Cél. Nanteuil, demi-rel. dos et coins de mar. bleu, dos orné, *non rognés,* couv. (*Champs.*)

ÉDITION ORIGINALE.
La couverture du tome 1ᵉʳ porte un envoi autographe de l'auteur.

364. SAINT-RÉMY (de). Théâtre. *Paris, Michel Lévy frères,* 1861-1864, 7 vol. pet. in-8 carré, cart., *non rognés,* couv.

Les Bons Conseils, 1862. — Les Finesses du Mari, 1864. — La Manie des Proverbes, 1862. — Monsieur de Choufleuri restera chez lui le...., 1862. — Pas de fumée sans un peu de feu, 1864. — La Succession Bonnet, 1864. — Sur la Grande Route, 1861.
ÉDITIONS ORIGINALES.
M. de Saint-Rémy est le pseudonyme du duc de Morny.

365. SAINTE-BEUVE. Les Consolations, poésies. *Paris, U. Canel,* 1830, in-12 carré, demi-rel. dos et coins de veau fauve, dos orné, *non rogné.* (*Champs.*)

ÉDITION ORIGINALE. Envoi autographe de l'auteur.

366. — Livre d'Amour (par Sainte-Beuve). *Paris, (Pommerei et Guénot),* 1843, in-12, mar. bleu, dos orné, fil. et coins ornés avec roses en mosaïque, tr. dor. (*Marius Michel.*)

ÉDITION ORIGINALE.
Très bel exemplaire, relié sur brochure, de ce rare recueil de poésies que Sainte-Beuve n'a pu parvenir à détruire entièrement.

367. — Pensées d'Août. Poésies. *Paris, Eug. Renduel,* 1837, in-12, demi-rel. dos et coins de veau fauve, dos orné, *non rogné.* (*Champs.*)

ÉDITION ORIGINALE.

368. — Vie, Poésies et Pensées de Joseph Delorme. *Paris, Delangle frères,* 1829, in-12, mar. grenat à grains longs, dos orné, fil., milieux dorés et à froid, tr. dor., couv. (*Champs.*)

ÉDITION ORIGINALE.
Belle reliure exécutée sur brochure, à l'imitation d'une reliure de l'époque.

369. SAINTE-BEUVE. Volupté. *Paris, Eug. Renduel,* 1834, 2 vol. in-8, demi-rel. dos et coins de mar. rouge, dos orné, *non rognés,* couv. (*Cuzin.*)

Édition originale.

Très rare exemplaire, imprimé sur Grand Papier vélin, relié sur brochure.

Ce tirage n'est pas signalé par M. Vicaire, dans son *Manuel de l'Amateur de Livres du XIXe siècle.*

370. SAND (George). Indiana par G. Sand. *Paris, J. P. Roret,* 1832, 2 vol. in-8, mar. brun tête de nègre jans., tr. dor., couv. (*Chambolle-Duru.*)

Édition originale.
Bel exemplaire relié sur brochure.

371. — Lélia, par George Sand. *Paris, H. Dupuy,* 1833, 2 vol. in-8, demi-rel. dos et coins de mar. grenat, dos orné, *non rognés,* couv. (*Canape.*)

Édition originale.

372. — La Mare au Diable. *Paris, Desessart,* 1846, 2 vol. in-8, demi-rel. dos et coins de mar. vert, dos orné, tête dor., *non rognés,* couv. (*Champs.*)

Édition originale.

373. — Le Mariage de Victorine. Comédie en trois actes par George Sand pour faire suite au Philosophe sans le Savoir de Sedaine. *Paris, Blanchard,* 1851, in-18, cart. toile, *non rogné,* couv. (*Carayon.*)

Édition originale.

374. — Le Marquis de Villemer par George Sand. *Paris, Michel Lévy frères,* 1861, in-18, demi-rel. dos et coins de mar. rouge, dos orné, tête dor., *non rogné,* couv. (*Champs.*)

Édition originale.

375. — Le Marquis de Villemer. Comédie en quatre actes, en prose, par George Sand. *Paris, Michel Lévy frères,* 1864, in-8, cart., *non rogné,* couv.

Édition originale.

376. SAND (G.). La Petite Fadette, par Georges Sand. *Paris, Michel Lévy frères,* 1849, 2 vol. in-8, demi-rel. dos et coins de mar. rouge, dos orné, *non rognés.* (*Champs.*)

ÉDITION ORIGINALE.
Envoi autographe de l'auteur.

377. — Valentine, par G. Sand. *Paris, H. Dupuy,* 1832, 2 tomes en un vol. in-8, veau bleu, dos orné, double enc. de fil., tr. dor. (*Bauzonnet-Trautz.*)

ÉDITION ORIGINALE.
Bel exemplaire imprimé sur PAPIER JONQUILLE, dans sa reliure originale.
Lettre autographe de l'auteur ajoutée.
Des bibliothèques de J. NOILLY et JOLLY BAVOILLOT.

378. SANDEAU (Jules). La Chasse au Roman par Jules Sandeau. *Paris, Michel Lévy frères,* 1849, 2 vol. in-8, demi-rel. dos et coins de mar. rouge, dos orné, *non rognés.* (*Champs.*)

ÉDITION ORIGINALE.

379. — Le Docteur Herbeau, par Jules Sandeau, auteur de Marianna. *Paris, Ch. Gosselin,* 1842, 2 vol. in-8, demi-rel. dos et coins de mar. rouge, tête dor., *non rognés.* (*Reymann.*)

ÉDITION ORIGINALE.

380. — Madame de Sommerville par M. Jules Sandeau. *Paris, H. Dupuy,* 1834, in-8, demi-rel. dos et coins de mar. rouge, dos orné, *non rogné,* couv. (*Champs.*)

ÉDITION ORIGINALE.
Envoi autographe de l'auteur.

381. — Madeleine par Jules Sandeau. *Paris, Michel Lévy frères,* 1847, in-8, demi-rel. dos et coins de mar. vert, *non rogné,* couv. (*Champs.*)

ÉDITION ORIGINALE. Portrait de l'auteur par *Desboutin,* ajouté.

382. — Mademoiselle de La Seiglière par Jules Sandeau. *Paris, Michel Lévy frères,* 1847, 2 vol. in-8, demi-rel.

dos et coins de mar. rouge, dos orné, *non rognés,* couv.
(*Champs.*)

ÉDITION ORIGINALE.
Exemplaire imprimé sur PAPIER VÉLIN FORT.

383. SANDEAU (J.). Mademoiselle de La Seiglière. Comédie en quatre actes et en prose par Jules Sandeau.
Paris, Michel Lévy frères, 1851, in-18, cart. toile, *non
rogné,* couv. (*Carayon.*)

ÉDITION ORIGINALE.

384. — La Maison de Penarvan par Jules Sandeau.
Paris, Michel Lévy frères, 1858, in-18, demi-rel. mar.
crême, tête dor., *non rogné,* couv. (*Champs.*)

ÉDITION ORIGINALE. Curieux envoi autographe de l'auteur.

385. — Marianna par M. Jules Sandeau, auteur de Madame
de Sommerville. *Paris, Werdet,* 1839, 2 vol. in-8, demi-
rel. dos et coins de mar. rouge, dos orné, *non rognés,*
couv. (*Champs.*)

ÉDITION ORIGINALE.
Envoi autographe de l'auteur.

386. SARDOU (V.). Rabagas. Comédie en cinq actes, en
prose, par Victorien Sardou. *Paris, Michel Lévy frères,*
1872, in-8, cart., *non rogné,* couv.

ÉDITION ORIGINALE. PAPIER VÉLIN FORT.

387. — Théâtre. *Paris, Michel Lévy frères,* 1869-1880,
5 vol. in-8, cart., *non rognés,* couv.

Daniel Rochat, 1880, envoi autographe à O. Feuillet. — Fernande,
1870. — La Haine, 1875. — Patrie ! 1869. — Séraphine, 1869.
ÉDITIONS ORIGINALES.

388. — Théâtre. *Paris, Michel Lévy frères,* 1860-1867,
7 vol. in-18, cart., *non rognés,* couv.

Les Diables noirs, 1864. — Don Quichotte, 1864. — La Famille
Benoiton, 1866. — Les Femmes Fortes, 1861. — Les Ganaches, 1863.
— Maison neuve, 1867. — Monsieur Garat, 1860.
ÉDITIONS ORIGINALES.

389. SARDOU (V.). Théâtre. *Paris, D. Giraud et Michel Lévy frères*, 1854-1867, 7 vol. in-18, cart., *non rognés*, couv.

> Nos Bons Villageois, 1867. — Nos Intimes, 1862. — La Papillonne, 1862. — Les Pattes de Mouche, 1860. — La Perle noire, 1862. — La Taverne, 1854. — Les Vieux Garçons, 1865.
> ÉDITIONS ORIGINALES.

390. SARDOU (V.) et NAJAC (Em. de). Divorçons! Comédie en trois actes par Victorien Sardou et Emile de Najac. *Paris, Calmann Lévy*, 1883, in-8, cart., *non rogné*, couv. (*Champs.*)

> ÉDITION ORIGINALE.

391. SCHULTZ (Jeanne). La Neuvaine de Colette. *Paris, Calmann Lévy*, 1888, in-18, demi-rel. dos et coins de mar. brun, *non rogné*, couv. (*Champs.*)

> ÉDITION ORIGINALE. Un des 25 exemplaires numérotés sur PAPIER DU JAPON.

392. SILVESTRE (Armand) et MORAND (Eug.). Griselidis. Mystère en trois actes, un prologue et un épilogue en vers libres. *Paris, E. Kolb*, 1891, in-8, demi-rel. dos et coins de mar. grenat, dos orné, tête dor., *non rogné*, couv. (*Champs.*)

> ÉDITION ORIGINALE. Un des 20 exemplaires numérotés sur PAPIER DE HOLLANDE.

393. SIMON (J.). Le Devoir par Jules Simon. *Paris, Hachette et Cie*, 1854, in-8, veau bleu, dos orné, fil., tr. dor. (*Trautz-Bauzonnet.*)

> ÉDITION ORIGINALE. Bel exemplaire.

394. STAEL (Madame de). Corinne ou l'Italie. Par Mad. de Staël Holstein. *Paris, Librairie stéréotipe, chez H. Nicolle*, 1807, 2 vol. in-8, mar. violet à grains longs, dos orné, dent., tr. dor. (*Chilliat.*)

> ÉDITION ORIGINALE.
> Très bel exemplaire imprimé sur PAPIER VÉLIN, dans sa reliure originale.

395. STENDHAL (H. Beyle). La Chartreuse de Parme par l'auteur de Rouge et Noir (Stendhal). *Paris, A. Dupont,* 1839, 2 vol. in-8, demi-rel. dos et coins de veau fauve, dos orné, *non rognés,* couv. (*Champs.*)

> Édition originale.
>
> Envoi autographe de l'auteur à Frédéric Soulié « le premier des romanciers de ce siècle ».
>
> Le premier plat de la couverture du tome second porte 10 lignes de notes autographes de Stendhal.

396. — Le Rouge et le Noir. Chronique du XIXe siècle, par M. de Stendhal. *Paris, A. Levavasseur,* 1831, 2 vol. in-8, vign., demi-rel. dos et coins de mar. rouge, dos orné, *non rognés,* couv. (*Champs.*)

> Édition originale. Rare.

397. THEURIET (André). Amour d'Automne. *Paris, A. Lemerre,* 1888, in-18, cart., *non rogné,* couv.

> Édition originale.

398. — Le Fils Maugars par André Theuriet. *Paris, G. Charpentier,* 1879, in-18, cart., *non rogné.*

> Édition originale.

399. — Le Livre de la Payse. Nouvelles Poésies (1872-1882). *Paris, A. Lemerre,* 1883, in-18, cart., *non rogné,* couv.

> Édition originale.

400. — Madame Heurteloup (la Bête noire) par André Theuriet. *Paris, G. Charpentier,* 1882, in-18, cart., *non rogné.*

> Édition originale.

401. — Nos Oiseaux. *S. l. n. d.* (1886), in-8 carré, mar. rouge, dos orné, enc. de 5 fil. autour des plats, tr. dor. (*Mercier, sr de Cuzin.*)

> Manuscrit original en 138 ff.

402. — Sauvageonne, par André Theuriet. *Paris, P. Ollendorff,* 1881, in-18, cart., *non rogné,* couv.

> Édition originale. Envoi autographe de l'auteur.

403. THEURIET (A.). Tante Aurélie, par André Theuriet. *Paris, G. Charpentier et C*^{ie}, 1884, in-18, cart., *non rogné,* couv.

ÉDITION ORIGINALE.

404. VACQUERIE (Auguste). Jean Baudry. *Paris, Pagnerre,* 1863, in-8, cart., *non rogné,* couv. (*Champs.*)

ÉDITION ORIGINALE. PAPIER DE HOLLANDE.

405. — Souvent homme varie. Comédie en deux actes en vers par Auguste Vacquerie. *Paris, Librairie nouvelle,* 1859, in-18, cart., *non rogné,* couv. (*Champs.*)

ÉDITION ORIGINALE.

406. VERLAINE (Paul). La Bonne Chanson. *Paris, A. Lemerre,* 1870, pet. in-12, demi-rel. dos et coins de mar. bleu, *non rogné,* couv. (*Carayon.*)

ÉDITION ORIGINALE. Exemplaire imprimé sur PAPIER DE CHINE (tirage à 10 ex.).

407. — Fêtes Galantes. *Paris, A. Lemerre,* 1869, pet. in-12, demi-rel. dos et coins de mar. bleu, *non rogné,* couv. (*Carayon.*)

ÉDITION ORIGINALE. Exemplaire imprimé sur PAPIER DE CHINE (tirage à 10 ex.).

408. — Poëmes Saturniens par Paul Verlaine. *Paris, A. Lemerre,* 1866, in-18, demi-rel. dos et coins de mar. rouge, *non rogné,* couv. (*Champs.*)

ÉDITION ORIGINALE. Envoi autographe de l'auteur.

409. — Sagesse. *Paris, Société générale de librairie catholique,* 1881, in-8, demi-rel. dos et coins de mar. bleu, dos orné en mosaïque, tête dor., *non rogné,* couv. (*Champs.*)

ÉDITION ORIGINALE.
Envoi autographe de l'auteur à M. de Goncourt.

410. VIGNY (Alfred de). Chatterton, drame. Par le comte Alfred de Vigny. *Paris, H. Souverain,* 1835, in-8, front.

de Ed. May, demi-rel. dos et coins de veau fauve, dos
orné, *non rogné*. (*Champs.*)

Édition originale.

11. VIGNY (A. de). Cinq-Mars, ou une Conjuration sous
Louis XIII, par le comte Alfred de Vigny. *Paris, U.
Canel*, 1826, 2 vol. in-8, demi-rel. veau, dos orné, *non
rognés*. (*Rel. de l'époque.*)

Édition originale. Papier vélin.
Exemplaire auquel on a ajouté une cinquantaine de portraits et de
figures se rapportant au roman.

412. — Les Consultations du Docteur noir. Stello ou les
Diables bleus (blue devils). Par le comte Alfred de Vigny.
Première consultation. *Paris, Ch. Gosselin*, 1832, in-8,
fig. de T. Johannot, demi-rel. dos et coins de veau fauve,
dos orné, *non rogné*, couv. (*Champs.*)

Édition originale.

413. — Eloa, ou la Sœur des Anges. Mystère. Par le Cte
Alfred de Vigny, auteur du Trapiste, etc. *Paris, Aug.
Boulland et Cie (impr. de F. Didot)*, 1824, in-8, mar.
bleu, fil. à froid, tr. dor.

Édition originale.
Bel exemplaire relié sur brochure, auquel on a ajouté une belle lettre
autographe de l'auteur de 2 pages, et un portrait de A. de Vigny.

414. — La Maréchale d'Ancre, drame, par M. le comte
Alfred de Vigny, auteur de Cinq-Mars, des Poëmes
antiques et modernes, etc. *Paris, Ch. Gosselin*, 1831,
in-8, demi-rel. dos et coins de mar. brun, dos orné, *non
rogné*, couv. (*Champs.*)

Édition originale. Lithographie ajoutée.

415. — Le More de Venise. Othello. Tragédie. Traduite
de Shakspeare en vers français par A. de Vigny. *Paris,
Levavasseur*, 1830, in-8, demi-rel. dos et coins de veau
fauve, dos orné, *non rogné*. (*Champs.*)

Édition originale.
Envoi autographe de l'auteur à Madame Aimé-Martin.

416. VIGNY (A. de). Poëmes. Hélèna, le Somnambule, la Fille de Jephté, la Femme adultère, le Bal, la Prison, etc. *Paris, Pélicier,* 1822, in-8, demi-rel. dos et coins de mar. rouge, dos orné, *non rogné,* couv. (*Champs.*)

> ÉDITION ORIGINALE.

417. — Poëmes, par M. le comte Alfred de Vigny, auteur de Cinq-Mars ; seconde édition, revue, corrigée et augmentée. *Paris, Ch. Gosselin,* 1829, in-8, vign., demi-rel. dos et coins de mar. rouge, dos orné, tête dor., *non rogné,* couv. (*Champs.*)

418. — Poëmes antiques et modernes par le comte Alfred de Vigny. Le Déluge, Moïse, Dolorida, le Trapiste, la Neige, le Cor. *Paris, U. Canel,* 1826, in-8, mar. rouge, dos orné, fil. et coins ornés, tr. dor., couv. (*Champs.*)

> ÉDITION ORIGINALE. Envoi d'auteur.
> Bel exemplaire relié sur brochure.

419. — SERVITUDE ET GRANDEUR MILITAIRES par le comte Alfred de Vigny. *Paris, F. Bonnaire,* 1835, in-8, *broché,* couv., étui.

> ÉDITION ORIGINALE.
> Exemplaire imprimé sur GRAND PAPIER VÉLIN, portant, au crayon, une dédicace de l'auteur « *A mon bon et honorable ami M. Sainte-Beuve 8 octobre 1835* ».
> Rarissime dans cet état.

420. VOGUÉ (Vte E. M. de). Les Morts qui parlent par le Vte E. M. de Vogué. *Paris, Librairie Plon,* (1899), in-18, mar. grenat foncé jans., tr. dor., couv. (*Canape.*)

> ÉDITION ORIGINALE. Couverture en deux états.
> Un des 20 exemplaires numérotés sur PAPIER DE HOLLANDE, réservés pour la *Société des XX.*
> Bel exemplaire relié sur brochure.

421. ZOLA (Émile). L'Assommoir, par Emile Zola. *Paris, G. Charpentier,* 1877, in-18, demi-rel. dos et coins de mar. rouge, dos orné, tête dor., *non rogné,* couv. (*Gruel.*)

Édition originale. Un des 75 exemplaires numérotés imprimés sur Papier de Hollande.

Portrait de l'auteur par *Guillaumot,* épreuve sur Chine avant la lettre, ajouté.

422. ZOLA (Ém.). Une Campagne. 1880-1881. *Paris, G. Charpentier,* 1882, in-18, demi-rel. dos et coins de veau fauve, dos orné, tête dor., *non rogné,* couv. (*Champs.*)

Édition originale. Un des 10 exemplaires numérotés (n° 1) sur Papier de Chine.

423. — La Débâcle, par Émile Zola. *Paris, Bibliothèque-Charpentier,* 1892, in-18, demi-rel. dos et coins de mar. rouge, dos orné, tête dor., *non rogné,* couv. (*Champs.*)

Édition originale. Un des 330 exemplaires imprimés sur Papier de Hollande.

424. — Documents littéraires. Études et Portraits. Chateaubriand. Victor Hugo. A. de Musset. Th. Gautier. Les Poètes contemporains. Georges Sand. Dumas fils. Sainte-Beuve. La Critique contemporaine. De la Moralité dans la Littérature. *Paris, G. Charpentier,* 1881, in-18, demi-rel. dos et coins de veau fauve, dos orné, tête dor., *non rogné. (Champs.)*

Édition originale. Un des 10 exemplaires numérotés (n° 1) sur Papier de Chine.

425. — Le Naturalisme au Théâtre. Les Théories et les Exemples. *Paris, G. Charpentier,* 1881, in-18, veau fauve jans., tr. dor. (*Smeers Engel.*)

Édition originale. Un des 10 exemplaires numérotés sur Papier de Chine.

426. — Le Rêve, par Émile Zola. *Paris, Charpentier et Cie,* 1888, in-18, demi-rel. dos et coins de mar. rouge, dos orné, tête dor., *non rogné,* couv. (*Champs.*)

Édition originale. Un des 250 exemplaires numérotés imprimés sur Papier de Hollande.

427. ZOLA (Ém.). Les Romanciers naturalistes. Balzac. Stendhal. Gustave Flaubert. Edmond et Jules de Goncourt. Alphonse Daudet. Les Romanciens contemporains. *Paris, G. Charpentier*, 1881, in-18, demi-rel. dos et coins de veau fauve, dos orné, tête dor., *non rogné*. (*Champs*.)

> Édition originale. Exemplaire imprimé sur Papier de Chine (tirage à 10 ex.).

428. — Trois Pièces tirées des romans (de E. Zola, par William Busnach), et précédées chacune d'une préface de Émile Zola. L'Assommoir. Nana. Pot-Bouille. *Paris, G. Charpentier et Cie*, 1884, in-18, demi-rel. dos et coins de mar. La Vallière, dos orné en mosaïque, tête dor., *non rogné*, couv. (*Champs*.)

> Édition originale. Un des trois exemplaires numérotés (n° 1) sur Papier de Chine.

429. — Les Soirées de Médan (par Émile Zola, Guy de Maupassant, J. K. Huysmans, Henry Céard, Léon Hennique et Paul Alexis). *Paris, G. Charpentier*, 1880, in-18, mar. rouge, dos orné, enc. de 5 fil. autour des plats, tr. dor. (*Mercier, s^r de Cuzin*.)

> Édition originale. Un des 10 exemplaires numérotés (n° 1) sur Papier de Chine.
> Belle reliure exécutée sur brochure.

LILLE, IMPRIMERIE L. DANEL.

RED. :

21

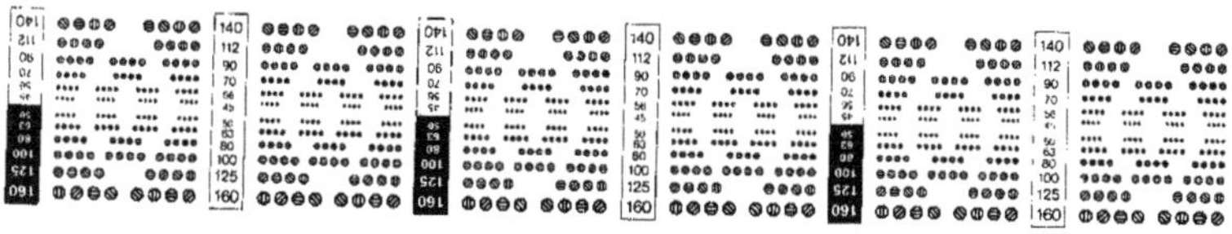

MIRE ISO N° 1
NF Z 43-007
AFNOR
Cedex 7 - 92080 PARIS-LA-DÉFENSE

graphicom

0 1 2 3 4 5 6 7 8 9 10

BIBLIOTHEQUE
NATIONALE
DE FRANCE

****

CHATEAU
DE
SABLE

1996

www.ingramcontent.com/pod-product-compliance
Ingram Content Group UK Ltd.
Pitfield, Milton Keynes, MK11 3LW, UK
UKHW031820170726
13836UKWH00003B/1476